# 傻白甜妻硬起來

上

風 文創 1008

蘇沐梵 著

# 目錄

# 序文

蘇沐梵

「求妳了，只有妳能幫我了，只要一晚就可以，明天等老師不追究了，我就拿回去……」前桌的同學滿臉哀求的看著我，將一本封面印著電視劇古裝人物的書塞進了我的書包裡。

那是發生在十年前的事了，當時我還是一名國中生，坐我前面的同學上課偷看書被老師發現，怕老師放學後沒收書，就將那本書塞進身為好學生的我的書包裡，求我將書帶回家一晚。

而我出於友情，不得已幫了她這個忙。

當時我只是出於仗義，卻沒想到會因為隨之而來的好奇心，給我之後的人生帶來翻天覆地的改變。

我謹慎地將書帶回家，原以為第二天帶回去就算完成了任務。

可在夜深人靜時，我做完作業收拾好書包，拉上拉鍊時看到書本側面花體字的書名，手驀地停了下來，想著離睡覺時間還早，就忍不住翻開了書頁。

從此，一發不可收拾。

當時的我才發現，原來書不只有國語、數學、物理、化學，也不只有單純可愛的童話或晦澀難懂的名著，還有這樣用幾十頁紙張就能講述一個跌宕起伏、曲折離奇、感情豐富的故事。

同學說，這是小說。

滿是新奇的我並不在乎那是什麼，只是覺得好看，非常好看。

放了假閒不下來的我可以用一整個下午的時間讀完一本小說，和書中的人物一起哭、一起笑；為她緊張、為他心疼。讀一個故事時，可以完全忘記現實中所有的煩惱，只完全沈浸在故事的世界裡，那使我無比滿足。

可世上所有的事都不是完美的，班上愛看小說的人不只我一個，小說的興起使班上大多數人的成績急速下降，其中也包括我。

為此，導師開始課堂搜書、談話、請家長來學校。而我，也終於在母親的責罵和哭泣聲中，暫時告別我的夢幻世界。

所有人都覺得我看小說是件錯事，是走了「歪路」。可我並不這麼覺得，只有我自己知道，小說的世界給我帶來了多少快樂。

可是沒辦法，學生的本分還是以學業為重，我看小說沒有錯，只是這實在不是一個好時機。

經過一年的努力，我終於讓成績回到以前的水準，考上以前不敢想的高中，也是在這所高中，我遇到了人生中另一個轉捩點——我寫作生涯的導師，我的高中國文老師。

老師很溫柔，她也喜歡文學世界，喜歡看小說，會在大家考試拿了好名次的時候，從課堂上抽出十分鐘的時間給大家講一個故事，也會將自己的書帶來學校給大家看。

但是不同的是，她給大家訂定了嚴格的看書時間。每個週末下午是大家可以盡情放鬆、享受閱讀的時間，但是必須將自己在閱讀中的感想寫進週記裡。

我以為老師都是反對大家看雜書的，她是我遇見的第一個開明的老師，也是她教會我如何勞逸結合。

因為老師的引導，我不再只是覺得一本書好看，而是會更深入思考每個人物的所作所為。越思考越發現作者的神奇，可以賦予一個個扁平的人物以思想，以生命，讓他們活靈活現，有了屬於自己的人生。

在一個夏末秋初的下午，當我再一次讀完一本書，為故事裡圓滿的結局感慨完後，電光石火間，一股強烈的傾訴慾望席捲了我的腦海。

我也想和這些作者一樣，在夜深人靜時，邀請我筆下的人物，一起共舞。

於是那一週的週記，我沒有如往常一樣寫讀後心得，而是交上一篇不到兩千字、文筆稚嫩的小說。

原以為只是一時興起，可是半個月後，我的國文老師將其簡單修改後，刊登在學校的校刊上。

老師將作為紀念的樣本送給我時，對我說：「我一直覺得妳是一個想像力格外豐富的浪漫女孩，這是妳的第一篇作品，我希望不是最後一篇。」

像是啟明星召喚了光明，從此，我不再羞於啟齒我愛看小說的事實，我熱愛文字，熱愛用筆描繪出一個個新奇的世界。

這不是歪路，而是岔路，我短暫的偏離了軌道，卻意外撿到了寶藏。

但這寶藏並不是我一個人的寶藏，它需要更多的人的歡笑與淚水，將它一次又一次擦亮。

一筆一壺茶，邀你共賞繁華。

# 第一章

蕭灼隱約知道自己是在作夢，可卻怎麼都醒不過來，只能不由自主地像個旁觀者，看著眼前走馬燈般的一幕幕。

這已經不是她第一次作這個夢了。

灰濛濛的天壓得人喘不過氣來，低飛的蜻蜓和潮濕黏膩的空氣，昭示著一場山雨即將來臨。

蕭灼在夢中，看著藏在假山後面的自己，熟悉又陌生。素衣素釵，已做婦人裝扮，一雙眼直愣愣地看著不遠處，半掩在花架後含情脈脈的兩人。

一男一女。

或許是夢的緣故，男子的面容看不真切，在夢裡的設定是她的「夫君」，而女子的面容因為熟悉，看得清清楚楚。

是她的二姊姊蕭嫵，也是如今她「夫君」的側夫人。

傳來的聲音先是如囈語般朦朧，隨即漸漸清晰。

「表哥，此次南巡回來，你這官位可就要再升上一升了，你可怎麼謝我？」

「放心，我有今日所得，多虧表妹說動了她。我的榮，自然也只會與表妹共享了。」

男子的聲音陌生至極，蕭嫵的聲音她雖然熟悉，卻是從未聽過的甜膩妖嬈，和她所熟悉的簡直不是一個人。

男子輕挑了下蕭嫵的下巴，似是想起了什麼，道：「不過此事也有她的一分功勞，那藥是不是該停一停了？」

蕭嫵聞言，柳眉一豎。「怎麼，表哥可是心軟了？」

男子笑了笑。「怎麼可能？畢竟一日夫妻百日恩，只是看她可憐罷了。」

蕭嫵似乎嗤笑了一聲。「夫妻？表哥可別忘了，從咱們計劃她落水時便說好的，她就只是咱們的一顆棋子而已，等利用完了，自然是要捨去的。我，才是你的正妻。

「不過你後悔也無用了，她從那日落水便留下了病根，再加上我這幾副藥，這輩子都別想再有孩子了，表哥可是要官拜上相的人，難道要一個不會生育的人做正妻？」

男子點點頭。「說的也是，怪我一時仁慈，那就煩勞表妹想個穩妥的法子了？」

蕭嫵輕輕一笑，低頭埋進了男子的懷裡。

即使只是如旁觀者一般，蕭灼也無法抑制地感覺到如墜冰窖的刺骨寒冷。

假山後的蕭灼更是冷得渾身發抖，本就沒有什麼血色的臉龐慘白如紙，走出去的瞬間還踉蹌了一下，伸手扶住假山才勉強站穩。

蕭灼隱約知道後面會發生什麼事，想要伸手去攔，可想而知根本攔不住。

於是她眼睜睜地看著人走出去，看到蕭嫵臉上由驚慌到辯解，再轉變成瘋狂的陰毒。她從未見過這樣的蕭嫵，陌生又可怕，令人作嘔。另一個人的表情她看不清，但大抵也是差不多的。

混亂、憤怒、嘶喊，雜亂無章。

最終，如前幾次一樣，她看著蕭嫵臉上帶著瘋狂扭曲的笑，被蕭嫵親手推下了井，而她的貼身丫鬟惜墨，只是站在遠處冷冷看著……

蕭灼閉上眼，以為還是如前幾次一樣戛然而止，可是這次卻沒有。

冰冷的井水淹沒過她的一瞬間，她被拉入了夢中的自己，水從口鼻爭先恐後地灌入，窒息的痛苦真實得可怕，她不斷嗆咳著想要喊救命，發出的聲音卻連回聲都不曾有。

就在她真以為自己要在夢裡被淹死的時候，周圍的一切卻又如潮水般遠去，她看到了一片慘白的靈堂。

一位貴氣無比的婦人在侍女與護衛的簇擁下，大步走入靈堂。她聽見有人小聲稱她「太后」。

那婦人沒理會周圍的任何言語，走入靈堂看到她的屍體後，忽地頓住了腳步。

蕭灼聽到那婦人喉中發出一聲低沈的嗚咽，隨即整個身體恍若踩空般驟然下墜……

「啊！」

蕭灼猛地從夢中驚醒，渾身早已被冷汗浸透，急速下墜的感覺使她半個身子都像麻痺似的，驚喘著久久都回不過神來。

「姑娘，怎麼了？」月色紗帳被輕輕挑起，一名約莫十五、六歲，梳著雙髻的丫鬟探進頭來。

蕭灼雙目失神了一會兒，才漸漸轉為清明，眼神從覆著月色紗帳的床幔掃過，落在正擔憂地看著她的丫鬟臉上。

她夢囈般道：「惜言？」

「是，是奴婢。」丫鬟將簾子打起，轉身走到桌邊倒了杯熱茶回來，道：「姑娘怎麼了？可是夢魘了？先喝杯水壓壓驚。」

蕭灼接過杯子，眼神還是不錯目地看著惜言。

惜言只當是自家姑娘作噩夢回不了神，走上前來慢慢順著蕭灼的背安撫。

良久，像是確認了真的是活生生的她，不是夢境，蕭灼才慢慢收回眼神，看著手中冒著熱氣的杯子，喝了一口。

熱水入喉，渾身的寒意漸漸袪散，蕭灼這才覺得活了過來。

「姑娘可好些了？莫怕，不過是一個夢而已。古人云，夢境為反，定是姑娘這幾日沒有休息好的緣故。」

蕭灼眼睫微垂，輕輕舒了口氣，往外間看了一眼，道：「惜墨呢？」

惜言道：「惜墨姊姊今日有些著了涼，喝了些藥早早睡了，怕是睡得沈呢。」

蕭灼點點頭，視線透過半開的床帳環視這個她不能再熟悉的臥房，落在透著絲絲微光的軒窗上。

「現在什麼時辰了？」

「還沒到卯時，姑娘可再歇會兒？今天是老爺的生辰，待會兒可有得忙呢。」

蕭灼本已經打算再躺一會兒，聽到惜言的話又忽地頓住了。

「生辰？」

惜言看著蕭灼略帶迷茫的神情，疑惑道：「是呀，姑娘不記得了？今天是老爺四十二歲壽辰，老爺還說姑娘可以藉這機會多認識些同齡的大家小姐，以後好多來往呢。」

是了，今日的確是她的父親安陽侯的生辰，她這幾日總是被夢魘所困，而夢境的開始，便是她父親生辰那天。
沒想到，居然就是今天了。
蕭灼抬手揉了揉額頭，道：「最近精神不大好，一時有些記岔了，我再躺一會兒，妳先下去吧。」
惜言看著蕭灼已經恢復血色的臉，這才放心地放下床帳退了出去，輕輕掩上了房門。
待腳步聲遠去，屋內重歸寧靜，蕭灼慢慢斜躺回床上，視線落在床頂，眼中一片清明。
夢中的一幕幕在腦中清晰閃現，真實的不像是夢境，就像親身經歷了一番。
這已經不是她第一次作這個夢了，第一次是一個月前，她及笄禮的那天晚上。
當時夢裡的一切都很模糊，但那種窒息感依然真實，醒來後過了好久才緩過來。當時她以為不過是一個噩夢而已，畢竟那一樁樁事都太過荒誕，人也與她所認知的完全不同，緩過來後便忘了。
可是沒想到，過了半個月，她居然又一次作了這個夢，加上這次已經是第三次了，而且場景也越來越清晰，醒來後如莊周夢蝶般，久久分不清夢境與現實。
可是夢裡那男子她根本不認識，又怎會成為她的夫君？二姊姊從小便與她姊妹情深，又怎會如夢裡那般心狠手辣，惡毒地致自己於死地？

還有最後一幕，她從未正面見過太后，自己死了，太后又怎會過來？而且她看到了太后的嘴型，那說的分明是「我的女兒」！

怎麼可能，真是太過荒謬了。

蕭灼在心裡告訴自己不過是一個夢而已，不用當真，可是她也知道，這根本說服不了自己。

看來還是找個時間去靈華寺拜一拜吧，聽說靈華寺的高僧修為高深，可看破世事，或許可以去解個夢，求個平安符也是好的。

思緒轉過一圈，蕭灼再無睡意，就這麼睜著眼睛發呆，直到日光從窗縫傾瀉而下。

房門「吱呀」一聲被輕輕推開，一名同樣梳著雙鬟髻，模樣清麗，看著比惜言要大一些的丫鬟端著漱洗用具推門進來，將手中的東西輕輕放在桌上後，緩步走進裡間。

「姑娘可醒了？」

蕭灼回神，嗯了一聲，一手撐著床坐起來。

丫鬟聽到聲音便快步走過來，將床帳用芙蓉鈎挽起，伸手扶蕭灼起身。

蕭灼抬頭看著惜墨熟悉的側臉，腦中閃過落下井時看到的旁觀者惜墨冰冷的眼神，猶豫了一下才伸出手，順著她的力起身下了床。

「惜墨，聽惜言說妳昨天身子不大舒服，可好些了？」

「奴婢就是前日灌了些冷風，今日一早便活蹦亂跳的了。」惜墨蹲下身，一邊替蕭灼穿鞋，一邊道：「奴婢身子底子好，不像姑娘，奴婢聽說姑娘昨晚又作噩夢了？」

蕭灼沒有回答，而是輕聲道：「惜墨，妳跟了我多久了？」

惜墨笑道：「奴婢跟著姑娘快四年了，當時奴婢走投無路，若不是宋嬤嬤買下奴婢，讓奴婢來服侍您，否則怕是早就沒有命在了。姑娘怎麼忽然想起問這個來了？」

蕭灼其實也是下意識脫口而出。

惜言和惜墨都是宋嬤嬤悉心教導出來服侍她的，宋嬤嬤是喬韻的陪嫁嬤嬤，也是蕭灼的乳母，打從她出生便開始照顧她，細心至極，情如母女。只可惜宋嬤嬤在蕭灼十歲時生了場病，自此身子就一直不大好，熬了幾年還是離世了，臨去前幾乎將所有工夫都花在惜言和惜墨身上，讓她們能接替自己照顧蕭灼。

只不過惜言是家生子，跟著她的時間長一些，而惜墨聰明且盡心，這些年從未出過差錯。她們三人早已不單單是主僕的關係，如今因為一個夢境便有所懷疑，實在是有些不該。

搖頭驅散腦中的陰霾，蕭灼笑了笑道：「無事，就是覺得時光匆匆，再過幾年就得給妳找婆家了。」

惜墨一聽，立時臊得臉通紅，跺了跺腳捂臉道：「姑娘又打趣奴婢，虧得奴婢還起早給您做棗花酥，以後奴婢可不多費這心思了。」

「好了好了，我不打趣了。」蕭灼止住笑，道：「快替我穿衣，我可餓了。」

幾人經常互相打趣，都不會真惱。惜墨揉了揉紅暈未退的臉，麻利地將水與帕子拿了過來。

蕭灼坐在梳妝鏡前，看著鏡子中的自己。

鵝蛋臉，柳葉眉，眼若星辰，唇似朱染，因為剛剛洗了臉的緣故，雙頰泛著粉，眼睛也似乎有著化不開的水氣般霧濛濛的。

「姑娘可真好看。」惜墨輕梳著蕭灼烏黑的髮絲，感嘆道。

蕭灼對著鏡子左右偏了偏頭。「很美嗎？」她對美還沒有什麼具體的概念。

惜墨點點頭。「當然，我見過那麼多小姐，還是咱們姑娘最好看。」

蕭灼失笑。「妳才見過幾個人，就敢這樣誇大了？」

惜墨笑道：「奴婢明明是實話實說。今日剛好是老爺壽辰，姑娘可千萬要好好打扮打扮，穿得鮮亮些才是。」

蕭灼不置可否。不過姑娘家都是愛美的，蕭灼心裡還是有些高興的。

唇角笑意剛起，腦中忽地又閃過夢裡那蒼白憔悴不堪的自己，嘴角的弧度又慢慢滑了下去。

淨面漱洗完，惜言已經將早膳都擺上了桌，兩人的廚藝都很出色，聞著便叫人食指大動。

蕭灼坐到桌邊正要拿起筷子，一個丫鬟走進來福身道：「三小姐，二小姐來了。」

# 第二章

安陽侯蕭肅一共有三房夫人，正妻喬韻乃是開國功臣齊國公長女清陽郡主，當年也是一代才女，且與當今太后私交甚好。因為有從龍之功而得先皇賜婚。

大夫人育有一子一女，嫡子也是長子的蕭庭如今正於邊關軍營歷練，鮮少回府。

二夫人鄭秋顏是皇商出身的鄭侍郎之女，容貌還算出眾。大夫人生了蕭灼後身子一直不大好，便將管家之事大半交給了二夫人。

去年四月，大夫人喬韻外出看望一位故人，回程時卻遇暴雨意外翻下山崖而過世，管家之權便順理成章的落入二夫人手中。二夫人是半個皇商出身，自是管理得不錯，待府中上下進退有度，也算有個好名聲。二小姐蕭嫵便是二夫人所出。

至於三姨娘江采月，是蕭肅一次外出時偶然救下的一名女子，據說家住江南水城，因家中沒落被拐的。蕭灼只見過一次，的確柔美溫婉。因為剛進門不久，目前並無所出。

丫鬟進來稟報間，蕭嫵已經帶著貼身丫鬟煙嵐走了進來。

蕭嫵容貌妍麗，身形高䠷，穿著一身淡青色暗蝶紋的長裙，優雅端莊。見蕭灼正在用早膳，笑道：「哎呀，我來得不巧了。」

蕭灼手上動作微頓，過了一會兒才找回之前與蕭嫵相處的模樣，站起身迎道：「二姊姊來了，可用過早飯了？」

蕭嫵道：「是我今日起得早，已經用過了。今日人多，爹爹昨日吩咐我帶妳去認識同齡的小姐，所以我來得早了些。三妹妹快用吧，聽說三妹妹院裡的杏花開得正好，我順便去瞧瞧。」

蕭灼聞言便也隨蕭嫵自便，自己坐回了桌邊，看著蕭嫵帶著丫鬟出門去了後院。

蕭灼自小八字極輕，據說還在娘胎裡時便差點保不住。幸得靈華寺高僧指點，說是及笄前最好一次都不要出門，外人也要少見，及笄後才可逐漸放鬆。

因此蕭灼從上個月及笄禮前從未出過侯府，哥哥不在府中，唯有這個二姊姊與她玩耍，給她講講外面的事情，所以蕭灼與蕭嫵從小親厚。

蕭嫵待她很好，在外面買了什麼好玩的都會與她分享，所以蕭灼第一次作那個夢時才會覺得那麼荒誕。

蕭灼看著蕭嫵的背影有些出神。

應該，只是一個夢而已吧。

用過早膳，兩人閒聊了一會兒，便聽外頭丫鬟來報說已經有女眷來了。

蕭嫵起身，見蕭灼似乎興致不高，安慰道：「自從大夫人過世後，妹妹便寡言了許多，長此以往恐鬱結於心，對身子不好。如今妹妹已過及笄，該是多結識一些人，多來往些才是。」

蕭灼想的根本不是這個，但也沒有辯駁，只點頭笑了一下，隨著蕭嫵出了院子。

安陽侯府這幾年由於老夫人與大夫人相繼離世，生辰、及笄等各項大事都是簡樸著過的。如今這是孝期過後的第一件喜事，所以辦得格外隆重。

大鄴朝侯伯不多，所以即使新皇登基後，安陽侯府漸漸少了實權，齊國公也已身故，但畢竟繁榮數十年，餘威仍在，朝中大臣不論高低基本都會前來。

主宴設在正廳，女眷們的席位則設在與正廳並列的花廳，穿過後花園便可到達。時至三月，後花園春意漸濃，還有些許微涼的風裡帶著絲絲花香與草香，吹得人心曠神怡。

兩人走過主徑，剛要踏上迴廊，只見迎面走來一位看著與她們差不多大，身著藍色留仙裙，模樣頗為俏麗的女子，後面還跟著一個丫鬟，看著應當是哪位官家的小姐。

蕭嫵一見那女子便笑了起來，上前一步道：「余歡，妳來得可真早。」隨即拉著蕭灼的手道：「這是左都御史孟大人的長女，孟余歡孟小姐。」

蕭灼看看兩人，能直呼名字的，想必關係不錯了。

說話間孟余歡已經走到近前，眼神先在蕭灼臉上轉了一圈，才看著蕭嫵笑道：「家裡待著無事，便早些過來了。這位是？」

蕭嫵道：「這是我三妹妹。」

蕭灼微微一笑，點頭示意。「孟小姐。」

孟余歡微欠了欠身，眼神不動聲色地又上下打量了蕭灼一番。

蕭灼今日身著一件杏色束腰長裙，髮絲輕綰了個簡單的垂雲髻，因著場合重要，所以比以往略施了些粉黛，比往日更多了一分豔色。

孟余歡笑道：「這位便是貴侯府不曾現於人前的嫡三小姐了，原來竟然是這樣絕色的人物，難怪妳藏得那麼深。」

這話雖是誇獎，可蕭灼聽在耳中卻覺得不大對勁，字裡行間似乎還隱隱帶著些敵意。

蕭灼轉頭看蕭嫵，蕭嫵掩唇笑了笑，道：「三妹妹臉皮薄，身子自小也不大好，以後我不在的時候，妳可得替我好好看顧著。」

「那是自然。」孟余歡上前挽住蕭嫵的手，道：「前廳除了我還沒有其他人來，咱們還是先去妳家的院子裡逛逛吧，說起來我還未曾看過全貌呢。」

蕭嫵自然同意，轉頭看蕭灼。「妹妹可要一同去？」

蕭灼想了想，點點頭。「嗯。」

安陽侯府的後院當初是請了蘇城有名的園林匠人布局打造的，假山水榭，亭臺樓閣，錯落有致，頗有江南特色。三人帶著各自的丫鬟，沿著已經開滿黃色迎春的小徑慢慢走。

三人起先是並肩而行，但是蕭灼與孟余歡不熟，再加上方才對這孟小姐的第一印象不大好，也無意主動攀談，遂漸漸落後一步，有一搭、沒一搭的聽她們說話。

兩人似乎正聊得興起。

「是真的，我親耳聽我父親說的。說皇上找了快四年的小乾王，前些日子終於有了消息，據說可能很快就會歸朝了。」孟余歡似有些激動地道。

「是嗎？聽說那小乾王相貌出眾，文武雙絕，年紀輕輕便立下赫赫戰功，也不知為何會失蹤這麼久。」

「好像是因為受了傷還是什麼緣由。我聽父親說小乾王與皇上從前關係好得很，又有功勞在身，若是回來了便是朝中唯一一位異姓親王，來頭可大著呢……」

蕭灼對她們說的話不了解，也沒什麼興趣，目光始終放在周圍的花花草草上。

路過湖邊時，蕭灼的目光微微一偏，眼神定在了坐落於湖邊柳枝掩映處的臨水榭。

那是一處小方亭，棗紅亭尖，墨綠亭柱，齊腰處圍了兩圈欄杆。

蕭灼的眼睛定在右邊靠水處的一段欄杆上。

夢裡，她就是在那裡意外落水的。

逛了一會兒，園子裡的人也漸漸多了起來，多是早到的官員家眷。

蕭嫵盡職地扮演著介紹人，遇見人便向蕭灼介紹。同孟余歡差不多，這些小姐大多都與蕭嫵相熟，蕭灼覺得無趣，多是點頭微笑一下便算是認識了。倒是蕭嫵，與眾人說說笑笑的，和誰都能聊上幾句。

蕭嫵本身便會交際，琴棋書畫樣樣精通，雖是庶女，但如今二夫人管家，自然比一般庶女地位高一些。聽父親說蕭嫵還在前幾次的詩會上次次名列前茅，當然受人歡迎。

蕭灼一早便有了這種準備，不僅不吃味，反而因為有個優秀且待她好的姊姊而隱隱有些許驕傲。

可這驕傲的情緒並未持續多久，蕭灼便聽到蕭嫵笑著提議道：「今日難得大家聚齊了，反正離開宴還早，不如咱們去那邊的水榭裡小憩一番，我叫人擺上案桌，咱們賞景作畫如何？」

夢境與現實驟然交疊，蕭灼嘴角的笑意倏地僵住了。

眾人紛紛應和，蕭嫵轉頭看蕭灼，見她臉色不佳，輕聲道：「三妹妹怎麼了？」

蕭灼只覺得後背沁出了些汗，勉強扯出一絲笑意道：「二姊姊，我忽然覺得有些不舒服，想先回去休息一會兒。」

蕭灼心底的不安越來越濃重，還夾雜著無法忽視的逃避念頭。

蕭嫵有些擔憂地看著蕭灼泛白的臉色。「怎麼了，方才不是還好好的？」隨即恍然道：「三妹妹莫怕，我記得妳的書畫技藝也堪稱一流，今日各家小姐都在，剛好趁此機會熟悉交流一番，以後詩會不就更熱鬧了？」

其他人雖與蕭灼不熟，可蕭灼安陽侯嫡女的身分擺在那兒，結交百利無害，也都附和道：「可不是，三小姐莫要謙虛，以往三小姐不大愛出門，今日可不得都補回來？」

蕭灼看著蕭嫵帶笑的臉，與平日溫婉的模樣毫無二致，方才瞬間的慌亂漸漸平息。或許只是巧合罷了，今日這場合她先走的確不合適。想了想，蕭灼還是點了頭。

蕭嫵見她答應了，立刻回頭讓丫鬟著人準備案桌、紙筆，蕭嫵牽著蕭灼與眾人一同走進了臨水榭。

亭子很寬敞，擺上案桌再站十個人還綽綽有餘。眾人興致頗高，都在就著主題三三兩兩的交流。

唯有蕭灼興致缺缺，跟著蕭嫵走進亭子後便下意識想離欄杆遠些，可是腳步卻又不由自主地隨著蕭嫵站到了邊緣。

一方面想要逃避，害怕會真的如夢中一般打破她所有的信任與認知，另一方面卻又沒有底氣地想要去驗證，想著大不了就按照夢裡的試試，就當減消猜疑了。

「姑娘，您怎麼了？看姑娘臉色似乎真的不大好。」惜言注意到蕭灼的異樣，低聲道。

蕭灼搖搖頭。「無事，有些冷罷了。」

過了一會兒，眾人定出以「春色」為主題，一人畫一景，共同成畫，是比較常見的群畫方式。選打頭陣之人時，眾人不約而同地看向蕭嫵和孟余歡。

蕭嫵笑道：「以往總是我與余歡為先，一直如此未免失了意趣，今日我三妹妹算是初來，不如就由三妹妹先首如何？」

蕭灼眼中的不可置信越來越濃，眼前的一切恍若夢中場景再現，原先除了她和蕭嫵之外模糊的人臉都變得清晰。

蕭灼咬了咬唇，幾乎是自暴自棄地順著夢裡的話說了下去。「不了，眾位姊姊在此，怎好由我先來，還是眾位姊姊先請吧。」

「三妹莫要害羞。」蕭嫵打趣般道：「咱們姊妹倆一起，說不準也能如上次王家姊妹倆一般拔得頭籌呢。」蕭嫵說著便走過去拉起蕭灼的手。

正要往回走時，蕭嫵卻忽然扭了腳似的「哎喲」了一聲，身子一歪，往旁邊的蕭灼身上靠去。

時間似乎無限放慢，蕭灼眼睜睜看著眼前與夢中毫無二致的場景，落水後的畫面一幕幕在腦中閃現。不同的是，如今的她因為懷疑而有了防備。那一刻她的腦子裡閃過兩個念頭——

扶住蕭嫵，隨後當作什麼都沒有發生。

或者是——讓開。

蕭灼閉了閉眼，在蕭嫵靠過來時選擇了後者。

蕭嫵似乎沒想到蕭灼會忽然讓開，眼中閃過一抹驚慌，電光石火間已經煞不住腳，整個人靠到了欄杆上。

即使在此刻，蕭灼心裡還是抱有一絲僥倖。只是可惜下一刻，便聽見一聲木頭斷裂的聲響，蕭嫵驚叫一聲，翻身掉入水中。

而蕭灼雖然避讓開來，卻也因為突然的應急反應腳下不穩，眼看著也有落水之險。蕭灼身邊的惜言忙要去扶，蕭灼的手腕卻先一步被一隻手拉住，拽了回來。

# 第三章

抓住她的那隻手力道雖輕，但是手勁卻大，輕巧一勾便將蕭灼拉了回來，惜言和惜墨連忙過來扶住蕭灼，嚇得差點哭出來。

蕭灼有些驚魂未定地抬頭，見是個模樣十分清俊的男子，心裡霎時一緊，又見他穿著一身藍色寬袖長袍，這才鬆了口氣。

她匆忙道了句謝，便回頭推了推惜墨道：「我沒事，快去叫人來救二姊姊上來。」

亭中早已亂成一團，世家小姐們都不會水，站在亭邊看著在水裡撲騰著喊救命的蕭嫵，急得花容失色，有幾個甚至都快哭了出來。

蕭灼此時把震驚不解或愧疚的情緒都通通拋到了腦後，先把人救上來才是要緊。正在周圍尋找可以將人拉上來的東西時，靠近假山的湖面再次傳來「撲通」一聲，一個白色身影迅速朝著蕭嫵游過去。

蕭灼動作停了下來，看著那人動作熟練地將人救到亭邊的岸上，還未看清所救之人的臉便焦急地脫口道：「三姑娘，妳沒事吧？」

蕭灼渾身驟冷，若是方才她還能自己騙自己，那麼這一句便是將她最後的一絲僥倖都打破了。

可是，為什麼呢？

蕭嫵喝了不少水，不住地咳嗽著，根本沒聽清那男子對她的稱呼，再加上濕亂的髮絲黏在臉上，的確也不太分得清誰是誰。

那男子喊了兩聲之後才發覺不對勁，仔細一看，隨即神情一滯。「表……二姑娘？」好在他反應還算快，只慌亂了下便神色如常地改了口。

蕭嫵的丫鬟煙嵐也帶著人過來了，見自家姑娘已經被人救了上來，連忙脫下自己的外衣罩在蕭嫵身上，將人接了過來。

不遠處已經隱約傳來了人聲，怕是侯爺聽到消息正帶著人往這邊來，蕭嫵如今還未出閣，如今已是不雅，若是再叫更多人瞧見，名聲怕是就毀光了。

「阿嫵，妳沒事吧？」

「沒事吧，蕭姑娘？」

眾人這才如夢方醒，連忙走過來幫著將蕭嫵扶了起來。

蕭嫵驚魂未定，邊咳邊緩了好大一會兒才勉強平息了下來，搖搖頭虛弱的說了一句。「我沒事。」隨後看向後面的白衣男子，輕輕福了福身道：「多謝表哥救命之恩。」

那男子看了蕭嫵一眼，臉上似乎多了絲不解，但也知道此時的場合，便拱手揖禮道：「多虧我剛巧路過聽到呼救，所幸有驚無險，表妹無事便好。」

既是回禮，也打消了眾人對他出現在此的疑慮。

那男子的小廝也匆匆趕了過來，見自家主子一身濕透的狼狽模樣嚇了一跳，忙跑過來上上下下檢查了一番，見並無傷處才放下心，給自家主子披上乾淨衣服。

「姑娘，奴婢還是先陪您去換件衣服吧？」煙嵐道。

此時趁著沒人來先離開才是最好的，況且這天湖水依然冰涼，若是落下病來可就麻煩了。

蕭嫵緩了緩，也覺得渾身涼意刺骨，裹緊衣服點了點頭，正要搭著煙嵐先走，視線忽然掃到站在人群後方，彷彿嚇傻般站在那兒的蕭灼身上。回想起方才那一幕，驚訝陰鬱的神色自蕭嫵眼底一閃而過。

「三妹妹怎麼了，可是被嚇到了？」蕭嫵抬起的腳定住，看著蕭灼道。

眾人這才注意到站在後面的蕭灼。方才一切發生得太快，她們都沒反應過來，自然也沒看清楚具體發生了什麼事。但也都看到蕭嫵似乎扭了一下，接著便撞到欄杆落水，當時蕭灼明明就站在旁邊，卻完好無損，光是這一點就引人往不大好的方向想。

尤其是孟余歡，看她的眼神倒像是蕭灼將人推下去似的。

不過也就想想罷了，並不會有人表現出來。

蕭灼滿心的疑問和不解，想著蕭嫵以前待她的好，眼淚不知不覺的濕了眼眶。聽到蕭嫵的聲音轉頭看她時，倒還真像是被嚇得狠了才手足無措的模樣。

蕭嫵眼神閃了閃，朝著蕭灼招了招手。

蕭灼猶豫了一會兒，抬腳走了過去。此間她也看清站在蕭嫵後面同樣盯著她的白衣男子。十八、九歲的模樣，高鼻深目，身上透著一股書卷氣，的確像是女子會喜歡的長相。雖是第一次見，但強烈的直覺告訴她，這人便是她夢裡那個人了。

聽蕭嫵叫他表哥，應該是二夫人的娘家人，但她從未見過。

蕭灼只看了一眼便收回目光，心裡只覺得噁心。

她強壓下心裡翻江倒海的思緒，走到蕭嫵近前，還未開口，聽到消息的安陽侯蕭肅正好趕了過來。

「這是怎麼了？」

安陽侯人如其名，面貌沈肅得很，雖已過不惑之年，官場的氣勢餘威仍在，話一出口，本來圍在一圈有些嘈雜的人群很快安靜了下來。

隨蕭肅一起來的還有二夫人鄭秋顏，以及當時正與蕭肅一起說話的幾名官員。

二夫人見蕭嫵此時形容還不算太狼狽，悄悄鬆了口氣，忙走到蕭嫵身邊，道：「怎麼回事？怎麼好端端的會落水呢？可還有其他人落水？灼兒呢，沒事吧？」

二夫人一向水端得平，若是關切或關懷的話，一定不會落下蕭灼，叫人挑不出錯來。

以往蕭灼對二夫人也算親近，可如今她卻不敢肯定這話的好壞了。

蕭肅的目光也移到了蕭灼身上，道：「灼兒，妳說，這是怎麼回事？」

「不關三妹妹的事，是女兒一時興起與眾小姐在水榭中作畫為娛，一時沒站穩，才不慎落水的。多虧了賀公子偶然路過相救，有驚無險。」蕭嫵搶先道。她明顯感覺得出今日的蕭灼不大對勁，攥著衣角的手心微微出汗。

希望不是她想的那樣。

二夫人輕撫了撫胸口道：「原來如此，明軒，真多虧了你啊。」

賀明軒搖搖頭。「舉手之勞罷了，倒是這三月天還有些涼意，二姑娘還是先回去換件衣服、喝些薑湯，莫要著涼才是。」

鄭秋顏應道：「是，侯爺，我還是先帶嫵兒回去，如此真是不成樣子。」

蕭肅嗯了一聲，喚來一個小廝道：「帶賀公子去主院換件衣服，小心伺候著。」

方才蕭肅帶著眾官員來的時候，賀明軒便有些緊張，許是對這些場面見得不多的緣故，連二夫人有意點到他的名字都不太敢與蕭肅搭話，對蕭嫵的稱呼也不敢再親近。見蕭肅特意吩咐了一句，一時竟有些受寵若驚。

賀明軒微微一禮道：「謝侯爺。」

賀明軒不過是鄭秋顏一個遠房親戚家的兒子，前不久中了個末位進士這才來到京城，等著謀職。這樣的身分蕭肅是連看都不會看的，連他是不是真的在邀請之列都不清楚。說這一句也是看在他救了蕭嫵的分上做做樣子，說完便沒再看他，走到一直沒說話的蕭灼身前。

「灼兒，沒事吧？」

二夫人正帶著蕭嫵從蕭灼身後走過，見蕭肅往這邊來，蕭嫵有意放慢了步子。

蕭灼自然留意到了，鼻尖泛酸，咬了咬嘴唇。

事到如今，蕭灼不得不相信，她的那個夢似乎應證了未來的某些事，至少這件事是如此。雖然她滿心震驚與不解，但她好歹是安陽侯嫡女，就算不愛與人爭辯，也絕沒有吃了悶虧不還手的道理。

輕呼口氣，蕭灼搖了搖頭，眼含淚光道：「爹爹，女兒無事，女兒只是覺得有些蹊蹺，還有些害怕。」

蕭肅雖冷肅慣了，對自己的兒女還算耐心，尤其是大夫人離世後，對蕭灼多少更上心一些。聞言輕道：「怎麼了？可是方才被嚇到了？」

蕭灼瑟縮了下，看了後面亭子斷裂的欄杆一眼。

「爹爹，二姊姊是不小心撞斷欄杆才落水的，我剛才無意中看了那欄杆一眼，覺得有些不對勁。」

蕭肅聞言眼神微斂，抬腳往亭中走去。

而蕭嫵早在蕭灼往欄杆看的時候就幾乎屏住呼吸，聽到蕭灼的話，更是差點腿軟。

只不過蕭灼只模糊說了不對勁，蕭嫵也不確定蕭灼是不是真的知道了什麼，以她對蕭灼的了解和自己的自信，根本不相信她會看出來。可是蕭肅就不一定能瞞住了。

蕭嫵只覺得額角的冷汗都快沁出來，反覆在心裡確認辦這事的人是不是都被處理掉了。

二夫人看出蕭嫵的異常，捏了捏蕭嫵的胳膊，壓低聲音。「先回去。」

蕭嫵也知道此時最重要的是沈住氣，看了蕭肅的方向一眼，咬咬牙先和二夫人走了。

蕭肅走進臨水榭，偏頭看了看欄杆的斷裂處，眼睛微微瞇起。

蕭灼的聲音壓得低，除了蕭肅沒幾個人聽到。眾人見蕭肅往亭子裡去，都是一臉好奇，有幾個好事者甚至悄悄探頭觀望。

片刻後，蕭肅從亭中出來，拍了拍蕭灼的肩膀，聲音不大不小的吩咐候在一旁的下人。「程管家，臨水榭這亭子是該好好翻修翻修了，你立刻去找一些好的匠人來，以後再不可發生這事。」

程管家連忙道：「是，奴才這就去辦。」

蕭灼看了蕭肅一眼，大致明白了蕭肅的做法。

這是家事，當著大家的面蕭肅自然不會說什麼，要查也是私下查。或許是還想著蕭嫵以前待她的好吧，蕭灼心知蕭嫵估計做得隱秘，且過了這麼長的時間也查不出什麼有力的證據，心裡並未有何不忿。

罷了，就當是還了她的好吧，看方才蕭嫵的反應，嚇一嚇蕭嫵也夠了。後面的，就隨爹爹怎麼處理吧。

吩咐完，蕭肅雙手背後，臉上換上笑意。「小孩家家不注意，讓各位見笑了，宴席馬上開始，諸位一起去前廳吧。」

主人家既已發話，眾人便都收起好奇笑著附和，紛紛散了。

方才圍著的世家小姐們也都沒了興致，三三兩兩地結伴閒聊著往花廳去了。

待人散得差不多了，惜言和惜墨忙湊到蕭灼身邊，輕撫著蕭灼的後背，還有些後怕。「方才可嚇死奴婢了，幸好姑娘沒事。」

惜墨方才離得近，聽到了些蕭灼的話，道：「姑娘，您方才說的話，不會是那欄杆有什麼問題吧？」

惜言和惜墨是她除了父母以外最親近的人，蕭灼下意識想點頭，卻又忽地想起夢裡的惜墨，剛要點下的頭硬生生煞住，輕搖了搖。

「我也不知，不過方才爹爹不是說了，是年久失修而已。」

惜墨拍拍胸口。「那就好，嚇死奴婢了，想來應當也不會。」

蕭灼輕扯了下嘴角，心裡滋味複雜難辨，不知道為什麼明明昨天還好好的，一夕之間她的認知就全變了，恍惚間還以為自己又在作夢。

原先她一直信任的姊姊，不知何時已經在背後開始默默算計她。人怎麼可能變得這麼快？還是只是因為以前的自己太傻，沒有看出來而已？

蕭灼用力眨了眨眼睛，壓下眼眶中的熱意，輕聲道：「走吧，去花廳。」

惜言與惜墨對視一眼，明白自家姑娘心情不大好，便也不敢再出聲，默默跟在了後頭。

沒走幾步，卻忽地聽見後頭有人叫她。

「三小姐？」

蕭灼回頭，是一個穿著鵝黃衣裙的姑娘，明眸皓齒，彎眼笑著走過來。

蕭灼覺得這位小姐有些眼熟，卻一時沒想起來。

那姑娘走近，福了福身，大大方方自報家門道：「趙太史之女，趙攸寧。」

蕭灼回了個平禮。「原來是趙小姐，方才人多，一時有些混了，趙小姐莫見怪。」

趙攸寧笑道：「方才我見孟余歡在這兒，就沒過來，其實我也怕認錯三小姐來著。」

說話間，眼神似乎還朝著不遠處輕瞪了一眼。

蕭灼隨著她的眼神看過去，竟是還未走遠的孟余歡。

孟余歡見蕭灼看過來便收回眼神，轉身走了。

蕭灼收回視線，看著趙攸寧還未收回去的不屑眼神有點想笑。

這倒是奇了，方才她見過的那些世家小姐，可沒哪個敢將喜惡直接表現在臉上的，這位趙小姐倒是挺好玩。

趙攸寧小聲咕噥了一句什麼，隨即恢復原先的表情，道：「三小姐，我不大認識去花廳的路，可否與三小姐同行？」

蕭灼輕笑。「當然可以。」

走在路上時，蕭灼總覺得自己似乎忘記了什麼，只是發生的事情太多，她想也想不起來，便作罷了。

一個時辰後，與鄴京相隔千里的江城客棧內，景潯垂眼掃過信箋上的兩行字，薄唇微抿，隨即將其摺疊，修長的兩指將紙箋投入火盆中，頃刻化為灰燼。

「沈遇。」如玉碎般的聲音從輕啟的薄唇傳出，音量不大，卻極有穿透力。

站在不遠處一位侍從模樣的人聞聲，上前一步拱手道：「屬下在。」

「啟程吧。」

沈遇聞言，抬頭看向坐在桌邊，身形清瘦頎長的男子，皺著眉頭，嘴唇動了動，似乎想說什麼，最終卻什麼也沒說，只是洩了氣般地道了句。「是。」轉身出了門。

屋內重歸安靜，景潯坐在桌邊，烏黑的眼看著桌上茶杯裡上下緩慢浮沈的茶葉，不知想到了什麼，薄唇微微勾起一抹不易察覺的弧度——

妙妙，好久不見了。

# 第四章

秋水閣內，二夫人看著已經換好衣服從內間走出來的蕭嫵，手中的茶杯磕在桌上，發出輕微的聲響。

「嫵兒，今天這事到底是怎麼回事？」

蕭嫵知道自家母親的精明，看出來此事與她有關。且看這形勢，也不知道能不能瞞得過爹爹，她自己怕是擺不平。只是這事實在有些難以啟齒，蕭嫵內心糾結，咬了咬唇，開口道：「娘親，今日這事，是女兒糊塗了。」

話音剛落，便見二夫人眼神一凜，忙又接著道：「可是女兒也是為了表哥著想，為了您著想啊。如今您雖掌理管家之權，可除了落個好名聲，還能有什麼？正房嫡女永遠是三妹妹，正房之位即使空著也落不到咱們頭上。究其原因，還不是因為外公離世後鄭家便沒落了？

「爹爹好面子，所以即使大夫人離世了，因著她郡主的身分，這位置就得一直留著。而咱們呢？父親再看重，也不過是多來幾回而已。就像前些日子，女兒偶爾聽到您和父親提起給表哥謀職的事，父親卻根本沒放在心上。」

蕭嫵見二夫人臉色似有動搖，繼續道：「所以女兒才想著，表哥如此出色，不過是缺個機會而已。正好三妹妹沒見過世面，若是能來一場英雄救美，難保三妹妹不動心。表哥若是能娶了三妹妹，以爹爹的性子，何愁沒有前程？鄭家起來了，咱們自然就有底氣了。女兒這麼做雖然冒險，可也是為了咱們的未來著想啊。」

蕭嫵這話雖然半真半假，卻也是事實，字字句句都說到了二夫人的心坎上。

二夫人閉了閉眼，話語裡的怒氣消滅了些。「即使如此，妳也不該擅作主張，總得先和我商量商量，妳就沒想過若是事情敗露，咱們便是死路一條？如今侯爺怕是起了疑心，咱們該當如何？」

蕭嫵眼角含淚。「娘親，我知道錯了，我也是怕您不答應。而且女兒明明安排得很好，以三妹妹對我的信任，絕對不會出錯。」

說到此，蕭嫵想起今日蕭灼的反常，心下一涼。「娘親，其實今日本可萬無一失，可是最後關頭，我也不知三妹妹是有意還是無意，竟然躲開了。我怕……」

「躲開了？」二夫人站起身，面色沈肅。「幫妳做這事的人可有洩漏的可能？」

蕭嫵確認道：「都是女兒精挑細選的人，而且是表哥那邊的，不可能洩漏到三妹妹那邊。」

話是這麼說，可單單是蕭灼與蕭肅說的那句話，就已經讓她的語氣失了底氣。

「可是三妹妹說的那話模稜兩可，如果真是知道了什麼，該怎麼辦？要不女兒還是再確認一番，將那些知情人都處理了，確保什麼都查不出來？」蕭嫵試探道。

二夫人抬手制止了蕭嫵的話，踱了幾步，道：「不，若侯爺已經起了疑心，就算查不出東西來，這疑心也會留在那兒，若要將這事瞞得徹底，就得查出東西來。」

二夫人眼中閃過狠戾，隨即恢復平靜，道：「嫵兒，此事妳先不用管了，先去前廳入宴要緊。三姑娘那邊不管她有沒有察覺，記住，妳從沒做過這事，也不用心虛，不用試探，如以前一樣即可，記住了嗎？」

自家母親顯然已經有了主意，蕭嫵雖心下疑惑，也噤了回去，點了點頭道：

「是。」

侯府前院，花廳外。

蕭灼與趙攸寧並肩同行，臉上都帶著微微笑意，看著相談甚歡。

雖然才走了這一小段路，蕭灼已經大致看出了這位趙小姐的性子。

趙攸寧是趙太史的嫡長女，教養熏陶自不必說，除此之外並不像其他世家女子那般拘著性子，反而豪爽大方得很。

蕭灼在府外沒什麼朋友，今日這一番接觸下來，對這位趙小姐倒是真心想要結交。

趙攸寧也不扭捏，方才蕭灼見了她與孟余歡之間的來往，還選擇與她同行，也覺得這位深居侯府的三小姐挺對胃口，多交個朋友自然有利無害。

兩人說笑著正要走進花廳，忽然看見不遠處正好有一道藍色身影正往正廳過去。

蕭灼腳步一頓，忽地想起自己方才忘記了什麼。

這人好像就是方才在臨水榭內拉了她一把的那人，當時場面有些混亂，她又心神不寧，關注點都在蕭嫵那兒，差點給忘了。

蕭灼心下疑惑，她確定自己並不認識這人，而且當時都是世家小姐在場，這人就跟忽然冒出來似的，拉了她一把後連句話都沒說，等她再回頭就不見身影了。

不過奇怪歸奇怪，這人也算是救了她。

蕭灼對身旁的趙攸寧小聲說了一句。「趙小姐請稍等一下。」隨即加快腳步往那人那邊走了過去。

「這位公子請留步。」

那人腳步應聲而停，見是蕭灼，眉尾微微上揚。

「蕭三小姐？」

蕭灼走到近前，屈膝行了個萬福。

「蕭灼多謝公子方才在臨水榭的出手相助，不知公子貴府何處，改日定將謝禮送上。」

那人微微一笑，手中摺扇一開，輕輕搖了搖道：「舉手之勞而已，不用客氣。況且我也是受人之託看顧一下三小姐，謝禮嘛，我自去找他便是。」

「受人之託？」蕭灼眉頭微蹙。

這話她就更不明白了。她自知自己的交際圈止步於侯府，這人她更是第一次見，又哪裡來的人會託付他照看自己呢？

「公子可否告知是哪位朋友，我好找他道謝？」蕭灼問道。

那人嘴角笑意更大，卻笑而不語，只意味深長地看了她一眼。「三小姐以後自會知曉。時辰不早了，在下先入席了。」說完收扇一禮，背著手進了正廳。

蕭灼愣愣地站在原地，滿臉疑惑。

真是個奇怪的人。看他衣著、氣質，身分定是不俗，只是說話跟打啞謎似的，繞來繞去說了半天，句句都不在點上就算了，反而給她留了更多問號。

蕭灼正考慮要不要找個理由追上去問問，就聽身旁傳來趙攸寧的聲音。

「三小姐認識煜世子？」

蕭灼回過神，見趙攸寧不知何時已經走到身邊，也探頭看著那人離去的背影，感嘆道：「這麼一瞧，煜世子笑起來還真好看。」

煜世子？蕭灼回想了一番之前在府中無聊，聽丫鬟講的那些外頭的閒談趣事。

如果不出意外的話，朝中被稱為煜世子的人應該就只有穆王的兒子元煜了。

穆王是先皇的親弟弟，當今聖上的叔叔，也是如今朝中先皇那一代僅剩的一位親王了。

據說穆王年輕時才華洋溢，本性卻愛逍遙，不喜政事，總喜歡往外跑，連唯一的兒子也是從小丟在宮裡求太皇太后幫忙帶，直到五年前邊城之亂才總算回朝。

也正因如此，這位煜世子從小與皇上雖為堂兄弟卻親如親兄弟，又因為父親不在身邊，當時還在世的太皇太后多少寵溺，所以養成了一副放蕩不羈的性子。聽說做事也不講道理得很，常常惹得朝中官員頭疼。

不過這些都是蕭灼偶爾從那些丫鬟嘴裡零碎聽來的，是真是假不知道，唯一確定的是，她真的不認識這位煜世子。

趙攸寧感嘆完，收回目光看著蕭灼道：「看三小姐方才與煜世子相談甚歡的模樣，莫不是舊相識？」

蕭灼搖搖頭，解釋道：「其實我與煜世子今日也是第一次見，方才在後花園我不小心扭了腳，他正好經過順手扶了我一把，當時沒來得及道謝，所以才來道個謝。」

「原來是這樣。」趙攸寧聽到蕭灼說不認識，也並未失望，笑道：「我之前聽說煜世子不大好相處，現在看來傳言有誤啊。我就說嘛，樣貌這樣好看的人，肯定不是壞人，以後找個機會或許可以結識一下。」

蕭灼抬眼看著趙攸寧，心道怪不得自己剛見趙攸寧時便感受到了對方隱隱的親近感，敢情這姑娘專喜歡好看的來著？

趙攸寧接收到蕭灼的目光，知道自己被看穿了，也不覺得有什麼，眨了眨眼睛笑道：「時間不早了，咱們快進去吧？」

蕭灼忍住笑意，元煜早就沒了影，今日這場合估計也沒機會問，只好先將疑惑放在心裡，點了點頭，兩人一起轉身進了花廳。

# 第五章

兩人進了花廳，各家小姐們大都已經到場，和相熟或和親眷坐在一起說笑，見到蕭灼和趙攸寧進來還笑著打招呼，彷彿剛才的一切並未發生一般。

蕭灼也笑著點頭回禮，大家小姐的風範端得十足。

趙攸寧今天是隨她父親來的，趙夫人並未過來，她又沒有姊妹，所以趙攸寧自然而然地拉著蕭灼坐在一處，蕭灼自然樂意。

只可惜兩人來得晚，空著的座位只剩下右邊三個，而且一邊還挨著孟余歡。

孟余歡顯然也注意到了她們，看樣子也不太樂意。

不過事到如今也別無選擇，好在蕭灼雖然不大喜歡孟余歡，但是至少面上過得去，主動坐在了孟余歡右邊隔一個位子的座位上，然後讓趙攸寧坐在自己右手邊，隔開了兩人。

蕭灼朝孟余歡客氣地笑了一下，畢竟是自己父親的壽宴，來者是客，還是得顧好客人。

蕭灼這一笑也有了給臺階的意思，孟余歡原本不豫的面色好了些，輕扯著嘴角回應。

趙攸寧撇了撇嘴，拿起面前盤中的瓜子一邊嗑，一邊和右邊的林家小姐聊了起來。

蕭灼不動聲色地打量著孟余歡，其實從方才她就看出來了，這位孟小姐神情似乎總是帶著些高傲，不只趙攸寧與她合不來，從方才看下來，能與她說上話的人還真沒幾個，要不也不會就她身邊還剩幾個位子了。

這麼看來蕭嫵果真很會交際，能與孟余歡說說笑笑的也就她一個了。

二人落坐沒過一會兒，便見已經換好衣服的蕭嫵面帶微笑地走了進來，絲毫不見方才狼狽的模樣。

與幾個相熟的人打過招呼後，蕭嫵帶著丫鬟徑直走向蕭灼這邊。

「三妹妹方才受了驚嚇，如今可好些了？」蕭嫵自然地坐到了蕭灼與孟余歡中間，親暱地拉過蕭灼的手，滿臉擔憂道。

若是以前，蕭灼定會覺得感動且暖心，可是現在，即使蕭嫵的表情認真得天衣無縫，她卻只覺得違和與渾身的不自在。

信任需要長久的時間建立，打破卻只在短短一瞬。

蕭灼輕輕將手從蕭嫵手裡抽回來，道：「已經沒事了，謝二姊姊關心。」

面對蕭灼與之前大不相同的客氣疏離，蕭嫵心下更覺不妙，面上卻不顯，看向蕭灼身邊的趙攸寧，笑道：「喲，三妹妹這麼快就交到新朋友了？我之前見著趙小姐就覺得趙小姐為人爽朗，肯定能與三妹妹聊得來，沒想到竟讓我料對了，我三妹妹沒怎麼出過府，以後正好可以多串串門子，也得趣些。」

趙攸寧偏頭一笑，道：「蕭二小姐過譽了。」只這淡淡一句，說完便回過了頭。

隨後，蕭灼聽到一旁傳來孟余歡輕輕的一聲「哼」。

蕭灼心下恍然，看來趙攸寧不僅與孟余歡合不來，與蕭嫵似乎也不大熟的樣子。

雖然有些幼稚，但是蕭灼不得不承認她對趙攸寧的好感又添了幾分。

可是轉念一想，自己也是蕭嫵的姊妹，趙攸寧會不會對自己也是慣有的客套？

沒等她想完，眼前忽地多了一盤雪白可口的糕點。

「這糕點味道不錯，嚐嚐？」趙攸寧偏頭道。

蕭灼心下的一絲小鬱悶頓時煙消雲散。她早該看出來了，以趙攸寧的性子，不想結識的人，根本懶得搭理。

蕭灼輕鬆地笑了起來，拿起一塊糕點放入口中。「嗯，是還不錯。」

「不錯吧！是妳家哪位廚子做的？我最近無聊，正想學學廚藝來著。」

「行，我待會兒幫妳問問。」

一旁的蕭嫵看著兩人十分熟稔的互動，咬了咬牙根。暗暗告誡自己不要心急，反而顯得心虛。應和了幾句便與二夫人一起去招呼其他官員女眷了。

一場壽宴下來，蕭灼淡淡看著二夫人帶著蕭嫵一起迎來送往，嘴上說的話雖然溫和謙卑，做的事卻都是女主人該做的，看來是早已做足了工夫。

「灼兒，過來。」

蕭灼正出神間，忽聽二夫人叫了她一聲，朝她招了招手。

蕭灼有些不明所以，起身走了過去。

二夫人拉過蕭灼的手，對面前幾位夫人道：「這是咱們家正房三姑娘，兒時身子弱，不曾出過門，如今已然調理得大好了。侯爺特意吩咐我帶灼兒多認認人，小姑娘家，還是得多結識些同齡孩子，多在一起玩玩才好。」

這些官員夫人都是慣常會說場面話的人，一位夫人只看了蕭灼一眼便笑著讚嘆道：「早聽說安陽侯府內有一位深居簡出的嫡三小姐了，今日一見果真是花兒似的叫人憐愛，怪不得貴府這麼寶貝嬌養著長大了。咱們家妍兒剛好與三小姐一般大，若是能常走動那就再好不過了。」

其他幾位夫人聽了也是紛紛附和，有些看不慣二夫人一個側室裝正室派頭的人，也會藉著蕭灼的嫡出身分扯到離世的大夫人身上，明裡暗裡膈應二夫人。

二夫人的臉色絲毫不變，真應和了府中人對她溫柔大度的評價。

蕭灼心裡冷笑了一聲，原來不知從什麼時候開始，二夫人早已在潛移默化中鞏固自己的地位，只恨自己以前沒有看出來。

不只是自己深居府中的緣故，更是因為自己太傻，被這些表面的好蒙蔽了雙眼，連這轉個彎都能想明白的事都沒看清。若不是那個夢，恐怕她還會單純的認為二夫人是在為她著想，傻乎乎的往人的套子裡鑽呢。

想到這個預言般的夢，蕭灼抬手，輕輕握住了娘親留給自己的玉佛。說不定這其實是娘親在天有靈，在給自己指示呢。

蕭灼維持著笑容隨二夫人走了一圈，一位夫人的臉都沒記住，面熱心冷地回到自己的位子。

趙攸寧依然悠閒地嗑著瓜子，可是眼神卻時刻注意著蕭灼那邊的動靜。

趙攸寧起初只是想找個人帶她來花廳，主動結識蕭灼，一半是因為蕭灼與蕭嫵、孟余歡她們逛園子的時候她偶然看到了，覺得這位三姑娘似乎也不大喜歡孟余歡；另一個原因便是她改不掉的「美人不壞」的理論。別的不說，蕭灼的容貌是真的好看，特別是對她來說，多看一眼都是賞心悅目。

不過這兩點也只是表面，真正讓趙攸寧想真心結交這個朋友的，還是方才自己給蕭灼遞糕點時，蕭灼那個鬆了一口氣的笑容，嘴角還有兩個淺淺的小梨渦，可愛得直晃人眼睛。

趙家雖然比不上侯府地位尊貴，可也是三代忠良，她的父親趙太史還是皇上的恩師，頗受禮待，所以她在京城貴女圈還算吃得開。但是她真心想交的朋友卻沒幾個，原因無他，因為這些小姐們都假得很，習慣戴著面具示人，時間久了就脫不下來了。她自己率性，自然不喜歡這樣的人。平時就是保持著一個不得罪也不親近的距離。這位蕭三小姐倒是讓她覺得與他人不同，大家風範一樣不缺，但是天真生動的小表情卻總是會從各個地方不經意地顯露出來，具體的趙攸寧也不大能形容得出來，總之就是很合拍。

既然真心想交這個朋友，趙攸寧自然對蕭灼多關心了些。

看著二夫人和蕭嫵那在她眼裡假得要死的笑容，趙攸寧翻了個白眼。

等蕭灼回到位子上，趙攸寧用胳膊輕輕碰了碰蕭灼的小臂。

蕭灼偏頭看去，卻見趙攸寧一手扶著額頭，朝著蕭灼眨了眨眼睛，蕭灼還沒反應過來，趙攸寧已經起身，隨後又似暈眩般晃悠著倒下，一起一坐間帶動了桌椅摩擦到地面，發出一聲刺耳的響聲。

席間聲音本就不大，這一聲穿透力挺強，眾人頓時都安靜下來，轉頭往這邊看來。

「三姑娘，我頭有些疼，可有地方讓我稍作休息？」趙攸寧虛弱道，但在安靜的環境下已經足夠清晰。

蕭灼早在趙攸寧倒下的時候就已經反射般上前扶住，聽到趙攸寧的話，蕭灼愣了愣，隨即接觸到趙攸寧的目光，腦中忽然反應了過來。

蕭灼扶著趙攸寧起身，對身後的惜言、惜墨道：「惜言，惜墨，去瞧瞧西廂房可是空的？」

聲音不大，卻穩重清透，落地有聲。

連坐在一旁一直面無表情的孟余歡都沒忍住，微微偏頭看了過來。

蕭灼沒注意這些，待惜言她們領命出去，轉向周圍眾人，微微一禮道：「趙小姐身子不適，我先送她去廂房休息，先陪一下，眾位夫人、小姐自便即可。」

隨後轉向同樣看著她的二夫人和蕭嫵，淡淡道：「灼兒先陪趙小姐安置一下，這裡就煩勞二夫人和二姊姊了。」

簡單兩句話，卻將主人的風度氣勢展露無疑，尤其後面那句微微加重的「二夫人」，讓眾人猛地記起了蕭灼的身分。

她才是安陽侯府貨真價實、唯一的嫡出小姐。

雖然二夫人如今掌有管家之權，可是說得再好聽，也還是妾室，蕭嫵也始終是庶出，眾人後知後覺方才母女倆一副主人架勢，實在是不妥。

場面一時寂靜，直到蕭灼扶著趙攸寧穩步出了花廳，走遠了些，才陸續有幾位夫人輕咳幾聲，慢慢拾起了話頭。

二夫人手中的帕子緊了緊，極力壓下面上的尷尬，道：「天氣雖然已經回暖，早晚終究還是有些涼意，也怪我，趙小姐穿得單薄，我該提醒趙小姐多添件衣服才是。」說著就近吩咐了個丫鬟出去請個大夫來瞧瞧。

話雖得當，卻終究有些亂了陣腳，沒了方才的流暢自然。

站在她近處的是林督察使的夫人以及梁將軍的夫人，兩人都是大家出身。方才與二夫人搭話是知道二夫人如今在府中掌事，多少有些被這架子唬住，如今一看不過是表面而已，頓時失了些興致，甚至有些心不在焉。

二夫人心下氣憤，卻也不能表現出來，將兩位夫人引回座位，繼續若無其事地與其他夫人客套。

唯有一直跟在她身側的蕭嫵，看著蕭灼離去的方向，差點咬碎一口銀牙……

# 第六章

花廳外，蕭灼扶著趙攸寧穿過迴廊，走過拐角，直到快要聽不見花廳那邊的聲音，才停了下來。

兩人對視一眼，忽地雙雙笑了起來。

這還是蕭灼第一次這麼拿腔作勢地當著眾人的面說話，當時說的時候還有些緊張，但是不可否認，這種宣示主權的感覺的確不錯。

尤其是看到二夫人吃癟的時候，還有些渾身舒暢，有一種從別人手裡搶東西回來的感覺。

蕭灼微微彎腰，雙手撐在膝蓋上，自從娘親離世後，頭一回笑得這麼肆意。

趙攸寧也差不多，更何況她本來就不是拘著的性子，靠著牆捂著肚子，盡力不讓自己外放得太張揚。

笑完了，趙攸寧平復了一下呼吸，用手肘頂了頂蕭灼。「配合得不錯呀，三小姐？」

蕭灼也直起了身，臉色因為興奮有些微微發紅，看著趙攸寧認真道：「多謝趙小姐。」

趙攸寧擺擺手。「不用客氣，妳不嫌我多管閒事就好。」

蕭灼搖頭道：「怎麼會？只是家事本不可外道，倒是讓趙小姐見笑了。」

「算了，不說這些了。」趙攸寧適時轉移話題。「既然咱們已經算是朋友，這麼趙小姐來、趙小姐去的生分得很，若是不介意，叫我攸寧即可。」

蕭灼自然樂意，道：「榮幸之至，趙……攸寧也直接喚我……」蕭灼說到這裡停了一下，才繼續道：「喚我灼兒就好。」

其實蕭灼還有個小名，只是很少有人知道，以前也就娘親會叫。倒不是不想告訴趙攸寧，只是她總覺得除了娘親，她以前還答應過某個人除他之外不告訴別人，可是時間太過久遠，她已經記不大清了。

反正如今與她親近之人都叫她灼兒，也沒什麼差別。

女孩們的友誼，說複雜也複雜，但是除開那層身分，說簡單其實也簡單。一時興起演了場小戲，便將蕭灼與趙攸寧之間拉近了許多。

趙攸寧道：「那個蘇御史家的大小姐蘇佑安，妳可認識？」

蕭灼搖搖頭。「其實如二夫人所說，並未誇張，我兒時體弱，及笄前還真從未出過府。」

趙攸寧笑道：「無甚關係，我與佑安關係不錯，她那人也是個喜歡熱鬧的趣人，不過近日去了湖州老家還未回來。改日介紹妳們認識，到時候我和佑安帶妳一起逛逛京中好玩的地方。」

看趙攸寧的性子，能與之交好的應該也不差，蕭灼眼睛亮晶晶的，笑著應承下來。

兩人稍作休息了一會兒，蕭灼看著不遠處從西廂房那邊走回來的惜言和惜墨，道：「現在該如何，二夫人說不準派人去請了大夫來，還要繼續演嗎？」

趙攸寧道：「做戲當然得做全套了，剛好那席上的夫人、小姐都是官腔，我也不大想待了，要不妳陪我一起去西廂房歇一會兒，偷個懶再回來唄？」

蕭灼其實也覺得無趣得很，這是爹爹的壽宴，主場其實還是在正廳那邊。爹爹今日對她的要求就是認人，如今人認得差不多了，她也不大想待下去。

思索一番，蕭灼點了點頭。「也好。」

惜言和惜墨走過來，就看到蕭灼和趙小姐肩並肩走過來，趙小姐看著精神得很，一點也沒有方才虛弱的樣子。

兩人均目露疑惑，但畢竟是受過宋嬤嬤調教的人，方才趙小姐和自家小姐的互動，她們也看在眼裡，而且之前席上的景象，其實她們心裡也不舒服，再聯想趙小姐這實屬突然的舉動，多少明白了個大概。

細節不必知道得特別清楚，只要確定是對自家小姐無害甚至有利即可。

兩人識相地沒有多問，福了福身道：「回姑娘，西廂房是閒置的，今早才打掃過。」

蕭灼點點頭。「帶路吧。」

果然如蕭灼所料，兩人進了西廂房沒多久，二夫人院裡的丫鬟便領著大夫尋了過來。

蕭灼早已想好了說辭，三兩句便打發了，在西廂房待到宴席過了半才回去。

席上的人如她所料般對她熟絡了許多，不過今日發生的事情太多，蕭灼早已經乏了，勉強撐著捱到了宴席結束。

從始至終，她都沒有再和蕭嫵說過一句客氣之外的話。

宴席結束後，蕭灼送走了趙攸寧，藉口身子不適回到自己的其華軒，大門一關，悶頭躺到了床上。

方才人聲吵鬧，且又交到了新的朋友，那些情緒不曾冒出來，如今只剩下自己一個人，蕭灼的眼淚便再也忍不住，順著眼角滑落，隱入鬢角中。

明明才過了半天時間，她卻覺得好像過了半年。

今天早上她還安慰自己不過是一場夢境，轉眼便一幕幕真實的發生在眼前，讓她就這樣接受對自己好了這麼多年的姊姊其實是笑裡藏刀，就這樣推翻她多年相處產生的全部認知，怎麼可能有那麼容易？

自己獨處的時候，這種反噬般的窒息感便鋪天蓋地的淹沒而來。

事已發生，就再也無法安慰自己是假的，即使只是這一件，她也知道她與蕭嫵已再無法消除嫌隙。

況且這一件既然是真的，那後面那些若也一一應驗怎麼辦？還是說她已經改變了初因，後面的事便會朝不同方向發展呢？

蕭灼只覺得額間隱隱作痛。從前她的世界裡，單純得只有詩書趣事，如今這一樁樁帶著懸疑的事，無疑超出了她的承受範圍。

睜著眼睛茫然地出神了一會兒，蕭灼坐起身，朝著門外道：「惜言？」

惜言應聲推門進來。「奴婢在，姑娘可有什麼吩咐？」

「妳去準備一些進香要用的東西，明日我要去一趟靈華寺。」

惜言應了聲「是」，又疑惑道：「姑娘要自己一個人去？」

蕭灼頓了一下，她沒出過門，今天之前定會想求蕭嫵與她一起的，只是現在……

蕭灼第一次覺得這府裡空得很，大概就是別人常說的孤獨。不過隨即她又想到趙攸寧今天裝頭疼的模樣，那種感覺便瞬間沖淡了不少。

「嗯，我都這麼大了，難不成永遠要別人陪著？明日我去回爹爹，讓爹爹多派些熟悉路的人跟著即可。」蕭灼道。

惜言點點頭。「是，奴婢這就去準備。」

吩咐完，蕭灼躺回床上，許是今天的確累過了頭，沒一會兒便睡了過去。

難得的一夜無夢。

翌日，蕭灼起了個大早，收拾完畢便往主院走去，準備和蕭肅說出門的事。

剛到主院門口，正好碰見蕭肅帶著護衛準備出門。

「爹爹早。」蕭灼上前行了個萬福，問候道。

蕭肅見是蕭灼，臉上帶著些笑意，停下了步子。「灼兒這麼早找為父可是有事？」

蕭灼也不拐彎，直接道：「女兒見今日天氣晴好，想去靈華寺上炷香，特來與爹爹說一聲。」

蕭肅想了想，點頭道：「也好，妳久未出府，如今該多出去走走。只是安全為重，去和程管家說一聲，多安排些熟路的隨從跟著，申時之前務必回來。」

蕭灼行禮道：「是，謝謝爹爹。」

蕭肅伸手拍了拍蕭灼的肩膀。「行了，有什麼事吩咐程管家，爹爹急著進宮，先走了。」

話落，便帶著隨從急匆匆地抬步走了。

蕭灼看著蕭肅的背影有些不解，今日本該是休沐日才對，爹爹怎的這麼著急？

看向站在一旁的程管家，蕭灼道：「可是出了什麼要緊事，爹爹怎麼這麼早就急著進宮？」

程管家道：「具體的奴才也不知，不過聽說是那位小乾王可能今日歸朝。」

小乾王？

蕭灼想起昨日聽到孟余歡和蕭嫵說的話，這位小乾王似乎是什麼了不得的人物，連皇上都盼著他回來，看來傳言非虛了。

不過不管虛不虛，反正跟她沒什麼關係。

蕭灼沒再探究，道：「怪不得，那就只能煩勞程叔替我準備準備了。」

程管家是府中的老管家了，面相慈祥和藹，聞言笑咪咪道：「三小姐放心，老奴保准給您安排妥當了。」

蕭灼甜甜笑著道謝，吩咐惜言拿了東西，出門上了馬車。

這次出門，蕭灼到底還是沒有帶上惜墨。

她不會因為還未發生的事情怪罪自己信任的人，但同樣的，她也不能確定惜墨會一直如現在一般讓她放心信任。畢竟她不想一次又一次面對最信任的人的背叛。

惜墨陪了她這麼久，她會盡自己的能力護她周全，年紀到了便給她一筆錢還她自由，或許比待在她身邊要更好些。

靈華寺是大鄴朝最負盛名的寺廟，位於京城城郊的靈華山上，單程約莫一個半時辰。

說來也奇，京城原是最繁華的所在，人來人往，絡繹不絕，即使位於城郊，白日裡也少不了喧鬧。

可靈華山周圍卻跟有什麼屏障阻擋似的，偏偏鬧中得靜，上了山後彷彿踏入了另一片天地，城內的吵鬧喧譁一概遠去，滿心滿眼只剩下藍天綠樹和清脆鳥鳴。偶爾能聽到坐落在近山頂處的寺廟內傳來和著梵音的鐘聲，直叫人整顆心都靜了下來。

蕭灼將馬車停在了半山腰，帶著惜言和隨從順著石階徒步走了上去。

蕭灼雖是第一次來，卻不是第一次聽說，以前娘親還在的時候便經常來上香，聽娘親說裡面有一位遠靈大師，看人斷事極準，極有聲望，連當初蕭灼八字輕、體弱，及笄前不可出府也是這位大師所批，如今她的身上還戴著這位大師所贈的平安符。

以前她是不信這些的，但最近發生的事卻讓她不得不往這方向想了。只可惜這位大師據說十幾年前便外出雲遊，已許久不見蹤跡了，否則她真想請其指點一番。

走了約莫半個多時辰，靈華寺掩映在菩提樹中的大門，終於出現在眾人面前。

今日不是初一或十五，人不算多，且佛門重地，信眾都自發輕聲，廟內十分安靜。

蕭灼讓隨從都停在門口，只與惜言一起走了進去。香灰的味道鑽入蕭灼鼻尖，彷彿五感都清明了幾分。

蕭灼輕舒了口氣，抬腳正準備往寺廟正殿去，眼前卻忽地走來一位慈眉善目的年輕和尚。

那師父像是早就知道她要來似的，雙手合十道：「蕭三小姐一路辛苦，遠靈大師已等候多時了。」

# 第七章

蕭灼差點以為自己聽錯了，雙手合十，行了一禮後確認道：「師父說的可是遠靈大師？我聽說遠靈大師已於多年前四海雲遊，莫非已經回來了？」

小師父笑道：「正是，遠靈大師上月已歸山，大師說與蕭三小姐緣分頗深，也猜到三小姐今日會來，特吩咐我在此等候。」

蕭灼一震，下意識摸了摸腰間的平安符，點了點頭。「煩勞師父帶路。」

小師父微微頷首，領著蕭灼繞過主殿，去了殿後最深處的一間僻靜的禪房。

替蕭灼打開房門，小師父微微一禮，做了個「請」的手勢道：「三小姐請進。」

蕭灼拍了拍惜言的手，獨自走了進去。

裡面是一間很普通的禪房，除了桌椅、床鋪外並無其他東西，唯一的特點就是空間很大，房間左邊開了一扇窗戶，正對著屋後鬱鬱蔥蔥的樹林。

一位身著黃色僧袍的僧人背對著蕭灼站在窗邊眺望，挺直高瘦的背影讓人無端想起山間的勁竹。

蕭灼走近幾步，雙手合十一禮道：「遠靈大師。」

遠靈大師聞言轉過了身，如長輩般呵呵笑了幾聲。「三小姐來了，老衲可是等候多時了。」

蕭灼從娘親嘴裡聽到這位大師的時候，他就已經是過了半百的年歲了，如今估計也該過了耳順之年，可面上除了已經白了的眉毛和鬍子根本看不出來，聲音極有穿透力，且帶著一種安撫人心的力量。

至此，蕭灼也不得不信這位大師的修為了，暗幸自己來了這一趟。

蕭灼道：「是信女的不是，讓大師久等了。」

遠靈大師輕捻著鬍鬚笑了幾聲，走到桌邊，抬手道：「三小姐先坐吧。」

蕭灼心裡被疑問累積，道了謝坐下後便迫不及待的開了口。「遠靈大師，不瞞您說，信女近日頻頻被噩夢驚擾，起初我以為只是個夢而已，但是……」

許是對遠靈大師的信任，以及這兩天積攢的滿心困惑，蕭灼宛如抓住了救命稻草般，將這兩天發生的事及內心的糾結統統說了出來。說到後來她都快分不清到底是尋求幫助，還是單純的只是想傾訴一番。

遠靈大師彷彿早就料到一般靜靜聽著，末了，抬手倒了一杯熱茶放在蕭灼手邊。

蕭灼如今一想到那個夢的結尾還是會手腳冰涼，這杯茶來得恰到好處。

她伸手握住茶杯，緩了一會兒才繼續道：「大師，這到底是怎麼回事？難道我的這個夢真的能暗示未來嗎？可是我這次並未按照夢中的走，會不會造成其他不好的後果？」

遠靈大師輕輕地笑了笑，過了一會兒才緩緩道：「阿彌陀佛，我早於第一次見三小姐時便覺得三小姐命格特殊，或許奇遇頗多，如今看來果然如此。其實三小姐不必糾結，這世間因果循環，猶如萬千道路縱橫交錯，三小姐的夢便是其中一個果，它的本意是讓三小姐避開，而三小姐過於尋求其因而已，其實無須究其根本。」

遠靈大師語氣和緩，一字一句溫和清晰，見蕭灼似懂非懂，繼續笑道：「萬物之因，有的來自於真實，而有的決定於自己。若三小姐非要求因，何不將它看做是自己上世積德，所以此世上天有所預示，多給了一次選擇的機會？至於後事，有道是一風數層浪，一石連千漪，一步之變，全盤不同。姑娘既然已經選了他路，又何必再糾結這一條路的後續呢？」

蕭灼的心像是被什麼東西敲打了一下，豁然開朗。

的確，她何必一直想著那個夢的結局，自己鑽牛角尖呢？那個結局是建立在她落水愛上賀明軒的基礎上，如今已然大不相同了，就將它當作是上天給予她的恩賜或是娘親的指示，警醒自己避開不就行了。

表面上是噩夢，說不定其實是個好夢呢。

遠靈大師見蕭灼露出了微笑，知道她已經明白了，滿意地「阿彌陀佛」了一聲，收了尾。「觀世間萬物，一半以眼，一半以心。相信三小姐已經知道該如何做了。」

蕭灼起身，深深一禮。

「多謝大師指點，信女受益匪淺。」

遠靈大師擺擺手。「話是其次，關鍵在於三小姐自我領略。老衲與三小姐也算有緣，便再贈三小姐一句，三小姐福緣頗深，且與貴人相繫，須記得保持初心，才能終得圓滿。」

貴人？

蕭灼抬起頭，卻見遠靈大師已經重新走回窗前，不再言語。

蕭灼明白這是不可再多說的意思。

今日她的收穫已經夠多，也就知趣的沒再開口，深深一禮後緩步退了出去。

惜言站在門外等著，見蕭灼似乎心情很好的出來，沒了昨日的心事重重，大鬆了口氣，忙走過來道：「看來小姐是解了惑了？」

蕭灼笑著點頭，轉身對等在另一邊帶她來的小師父道：「有勞師父帶我去正殿，我想捐一些香油錢，再為我娘親供一盞長明燈。」

小師父欣然答應，引著兩人自原路回了正殿。

下山的路上，蕭灼心情豁然開朗，腳步輕快地走在山間的石階上，嘴裡甚至還小聲哼著一首小調。

「看來小姐真的與遠靈大師聊了很多，感覺與來時的心情完全不同了呢。」惜言一邊扶著蕭灼，一邊道。

「是啊，怪不得娘親以前總說遠靈大師佛法高深，今日一見果然有如撥雲見日的感覺。」

惜言誇張地長舒了一口氣，道：「那可太好了，這兩日小姐您心事重重的，連帶著奴婢都不敢大聲說話，可憋死奴婢了。」

蕭灼隨手摘下一片樹葉，拿在指間輕點了一下惜言的鼻尖。「貧嘴。」

惜言縮了縮脖子躲過，嘻嘻笑了起來。

「好了。」蕭灼加快了步子。「時辰不早了，咱們快些回城，還能在城裡玩一會兒。」

回到城中，已經過了午時。

蕭灼來時因為有心事，坐在馬車上連簾子都沒有掀開，所以一到城門口便迫不及待地下了車，沒想到剛下車，就被城裡烏壓壓的人頭驚傻了眼。

蕭灼抬頭看看天，的確已經過了午時最熱鬧的時候，怎麼還這麼多人？

「我的天，今日是有什麼盛會嗎？」

惜言也不大清楚，走到一旁向一位賣包子的老伯問了兩句，走回來道：「好像是因為那個什麼乾王世子。大家雖然都沒見過這位小乾王，但都知道他十六歲奪取幽州十三城的功績，還有人說這位小乾王長得一副天人之姿，一聽說今日歸朝，所以都想來看一眼。」

當然，這種激動的情緒，蕭灼並不能共情。

看著烏壓壓的人頭，蕭灼無奈地嘆了口氣，深覺這街怕是逛不成了。不過這至少表明了如今大鄴朝的百姓過得還不錯，這麼想想也挺好。

雖然沒法逛街，但就這麼回去實在太可惜，蕭灼左右看了看，拍板道：「好不容易出來一次，總得吃個飯再回去，早聽說京城第一酒樓『醉仙樓』的菜餚不亞於宮中的御膳，怎麼也得嚐一嚐。」

打定主意後，蕭灼便又回身上了馬車，帶著惜言在隨從的開路下往醉仙樓而去。

醉仙樓裡比外頭要好一些，不過人也不少。

蕭灼還是第一次在外頭的酒樓用飯，果斷拒絕了惜言上二樓雅間的提議，直接選擇一樓靠窗的一個座位。

坐下沒多久，便有店小二上來招呼。

蕭灼只略略掃了一眼，便抬頭對店小二道：「我聽說你們這兒有一道菜叫做『十二花神』？」

店小二十分熱情，道：「客官果然內行，這道菜正是本店招牌。」

蕭灼點了點頭。「就它了。」

「好咧！您稍等，馬上就給您做。」店小二吆喝了一聲，腳步索利地去廚房傳菜去了。

蕭灼新奇地四下看了看，雖然不比侯府的安靜，卻是另一種全然不同的輕鬆熱鬧。

與此同時，在酒樓二樓蕭灼看不見的角落，景潯正端著一杯茶，透過斗笠垂下來的淺色紗簾，一瞬不瞬地看著底下轉著眼珠四處打量的小姑娘。

與之成鮮明對比的，則是站在一旁急得直上火的沈遇。

沈遇欲言又止了好幾次，有意無意地提醒著時辰，卻見自家主子依然完全沒聽見似的屹立不搖，終於忍不住了。

「我說世子大人，皇上和眾官還在宮裡等著呢，您到底準備什麼時候動身？」沈遇的表情看起來都快哭了，偏偏又不敢大聲，憋得臉都開始發紅。

本來他們按照原計劃是要繞過人群，走另一條偏僻的小路進宮，沒想到剛進城門，自家小祖宗忽然變了卦，轉身就進了酒樓喝起了茶，任憑他怎麼說都不動。

畢竟是自家主子，說又不敢說重，只能耐著性子邊轉邊勸。這已經不是景澪忽然來這麼一齣了，但是顯然沈遇依然沒有習慣。

許是景澪今天心情不錯的緣故，在沈遇再次開口前，景澪看著正在吃甜羹，嘴角露出滿足笑容的蕭灼，終於放下了手中的茶盞。

「走吧。」

沈遇身子一歪，差點以為自己聽錯了，等確認這聲音的確是從景澪口中發出之後，臉上的表情簡直可以用狂喜來形容，忙示意身後等著的人先下去準備。

景澪站起身，看了樓下一圈時不時投注在蕭灼身上的目光，極輕的「嘖」了一聲。

小丫頭警戒心還是不太強。

「留兩個人跟著就可以了，其他人暗中護送蕭三小姐回府。」景澪淡淡道。

沈遇腳步一頓。「蕭三小姐？」

順著景澪的目光，沈遇看到了樓下窗邊坐著的相貌惹眼的姑娘，似乎明白了自家主子突然進酒樓的原因。

怪不得這麼反常，敢情是來看小姑娘的？

可是轉念看自家主子這麼一副雲淡風輕的模樣，又覺得實在不像。

不過現在顯然不是想這個的時候，沈遇馬上吩咐下去，生怕景潯反悔似的跟著人下了樓。

他們不是走酒樓正門，而是繞過大廳的人群，從另一個不起眼的側門走了出去，上了一輛外觀極為普通的馬車，從小路直直朝著皇宮而去。

而就在景潯起身下樓的瞬間，蕭灼似有所感，忽地抬頭往二樓看了一眼，卻只看到放置在木架上，枝葉微微顫動的垂蘭。

蕭灼眨了眨眼，心裡有一絲說不出的異樣，但是很快略去，繼續低頭將注意力放回了美食上。

# 第八章

午時末，玄武門宮牆之上，站了一排的人。為首的是身著明黃錦袍的當朝皇帝元燁。

皇帝如今才登基兩年，十分年輕，但俊朗眉眼之間，有著身居高位的內斂，加上凌厲之色，很能鎮得住人。不過到底才二十出頭，雖然早已習慣喜怒不形於色，可那背在身後的手掩在袖子裡來回動個不停，還是出賣了他此刻略顯激動的心情。

元煜站在他身邊，作為從小一起長大的兄弟兼好友，這一點自然逃不過他的眼睛。

元煜湊近了些，忍著笑意道：「昨日是誰說的來著，拖到今日才知道回來，還不如不回來了。怎麼我覺得這話似乎有些口不對心呢？」

元燁眉毛幾不可察的微微挑了一下，偏頭白了他一眼。

元煜回身，扇子一開，語氣帶著些抱怨。「我估計還得一會兒呢，聽說今日城裡百姓也不知從哪兒得到了消息，大街上人可多著呢，也不知道皇上您派去的人接到沒有？」

話是這麼說，元煜心裡其實也挺著急的。

他們三人自小玩在一處，感情勝似兄弟，只可惜後來發生的事太過複雜，等一切好起來後景潯卻又無故失蹤。

這一失蹤，就是四年，直到一個月前他才又收到景潯的消息。

如今能再聚在一起，他心中的激動比起元燁其實有過之而無不及，否則也不會天還沒亮就進了宮，催著皇帝陛下去接人。

元煜搖了搖扇子，見長街那頭始終沒有人來，正準備將方才的提議化作現實，眼角餘光卻忽然看見另一條小路上，一輛不起眼的馬車正在元燁派去的喬裝護衛的護送下，不疾不徐地朝這邊駛來。

緊接著，元燁和眾官員也注意到了，原本安靜站著的眾人漸漸騷動起來。

元燁與元煜對視一眼，看著那輛馬車緩緩停在宮門口，坐在馬車馭位上的人率先下車，摘下斗笠。

兩人見是沈遇，便不再懷疑，元燁方才還沒什麼表情的臉也不由多了一絲喜色，轉身帶著眾人下了城門。

景潯下了馬車，見元燁與元煜走過來，嘴角也露出微微笑意，伸手將自己頭上的斗笠取了下來，清逸如水墨畫一般的面容在陽光的照射下，竟然顯得有幾分不真實。

待元燁走近，景潯俯身正要行禮，卻被元燁搶先一步扶起，還沒來得及說話，緊接著肩膀上就挨了元煜的一拳。

「好啊你個臭小子，這麼些年都跑哪兒……」

元煜說到一半，卻在看清景濤的臉時忽地停了下來。

其他人或許看不出來，但皇家子弟大多習武，他們三人更是從小練到大，武藝數一數二。時間久了，便多少能從面相上看出練武之人的身體狀況，再加上他們對彼此熟悉，元煜幾乎一眼就看出景濤的唇色白得有些不太正常。

元煜能看出來，元燁自然也不例外。

「你怎麼了？受傷了？」元燁看著他，問道。

景濤早知道他們會看出來，也不遮掩，淡淡道：「說來話長。」

元煜原本一肚子興師問罪的話此時都吞回了肚子裡，道：「那你這幾年……」

「自然是療傷去了。」景濤接著道：「當時情況緊急，我這療傷的地方又講究得很，這才沒能傳信回來。」

「原來如此。」元燁恍然，又問：「那如今可是大好了？」

景濤眸光暗了暗，轉瞬即逝，笑道：「自然，否則如何能回來？只是餘勁未消，還得再休養一陣子。」

元燁與元煜同時鬆了口氣，隨之又有些動氣。

元煜語氣微慍。「那你為何不早與我們說？再不濟也得報個平安信，怎麼也不該毫無音信，這筆帳我可記著了。」

景潯忙拱手行了個禮。「行行行，我的錯，我認罰。」

元煜這才滿意地點點頭。

元燁眉宇舒展，笑著拍了拍景潯的肩膀。「行了，回來就好，都別在這兒說話了，朕已經在宮裡擺好了慶功宴，咱們桌上慢慢聊。」

接風宴設在晏清殿，不管見過或是沒見過景潯的文武百官全都到了，不論心底如何想，面上毫無例外都是一派奉承之色。

景潯在大鄴朝以年少英才聞名，六歲進國子監與皇子、世子一同習文學武，當時便顯露出驚人的聰慧和根骨，再加上他那出眾的外貌，到十四歲入軍營擔任職務時，任誰見了都得連誇帶嘆。

後來先皇病重，朝中動盪，鄰國月國又藉此機會來摻和一腳，乘人之危突然入侵。正值內憂外患之際，如今的鎮國將軍，也是當時的驃騎將軍晉將軍請纓出征，而副將軍則落到了當時誰都沒有想到的景潯身上。

要知道在戰場上，主將上場的機會遠沒有副將多，將這樣一個重要的職位給了當時才剛滿十六的景潯，眾官員簡直懷疑先皇當時已經病糊塗了，或是如今的皇上、當時負責監國的二皇子腦子出了問題。

可是驚歸驚，聖旨已下，無法轉圜，眾官員就這麼搖著頭，看著一長一小出征。可沒想到更令他們吃驚的還在後頭，短短兩個月，便傳來景潯帶人以迅雷不及掩耳之勢連奪幽州十三城的消息。這一下眾人不僅驚掉了下巴，景潯這個名字也徹底震驚朝野。

與月國的戰爭持續了大半年，結束得差不多的時候，朝堂也穩定了下來，就在眾官員期待這位即將歸朝的新貴時，卻又傳來景潯無故失蹤的消息。

皇上大驚，讓晉將軍帶著全部兵力尋找，可惜並無所獲。

當時大部分的人都認為景潯大概已經不在人世了，心裡都暗暗惋惜。

大鄴朝以親為尊，原本異姓王就很少，都是功勛之臣，如今也就只剩乾王府了。按大鄴朝的規矩，異姓王身故後，就算有世子，若無大功，也是無法承襲爵位的，頂多賜一個不大不小的職位。

乾王已經年老，本以為身故後，乾王府就該沒落了，沒想到小世子如此爭氣，有了這一大功，勛爵與榮耀只會更勝從前。

這麼好的一個新秀就這樣沒了，小乾王這些功勛賞賜怕是要讓乾王府的旁支坐享其成，真是可惜了。

不過他們的料想並沒有成真，因為皇上發了話，這個王位及榮耀只屬於景潯，他沒回來便先留著，等回了朝再賞。

大家都知道新皇與這位潯世子關係很好，都以為這是皇上銘記他的一種方式。沒想到四年後，景潯居然真的回來了。

宴席上，眾官你來我往，面上帶著笑意，眼睛都無一例外地放在景潯身上。許多當年一路經歷過來的官員，看著以往那個意氣風發的小少年，如今變成清瘦修長，滿身內斂如利劍入鞘的男子，心中很是感慨。

有些近幾年才升遷，並未見過景潯的官員，則是驚奇中還帶著些懷疑。眼前這個男子怎麼看也不像是能在戰場上馳騁殺敵的，若那事跡的確為真，還真是人不可貌相。

除了這些人之外，還有少許人想的則是完全不同，面上都是統一的官腔微笑，時不時看向景潯的眼神卻顯露出些似有若無的敵意。

景潯始終雲淡風輕，誰來奉承他都巧妙應回，對於那些打量探尋的眼神也自動忽視，著實將冷淡之風發揚到了極致。

到後來這些官員也知道這位潯世子不大好親近，也就不湊上來說話了。景潯樂見其成，甚至還時不時把玩著杯子出神。

倒是元燁今日是真的很高興，幾番下來喝到難得微醺，元煜喝得更醉。景潯因為身體的原因，自始至終以茶代酒，還要好些。

宴會直到申時末才將將結束，元燁意猶未盡，乾脆將景潯留在宮裡，宴席散了之後，三個人轉移到偏殿，續起了場子。

沒有其他人在場，三個人面上的神情都更加真實。

元燁喝了一口酒，停了一會兒，對著景潯道：「你失蹤後沒兩年，伯父的身子漸漸就不大好了，朕便做主將伯父和乾王妃送往江州頤養天年，據說過得還不錯，你抽空可要去看看？」

元燁口中的伯父便是乾王景越，乾王妃是乾王的續弦，也是景潯的繼母。

聽到這兩個名字，景潯的面色毫無波瀾，語氣依然淡淡。「不了，父親過得好便好，我就不去打擾他們了。」

元燁早就料到了這個回答，重重嘆了口氣，似乎想起了什麼，又狠狠灌了一口酒，酒杯落下的瞬間，元燁的眼睛竟然有些微微發紅。

「阿潯。」元燁低聲道，語氣不再是君臣之間的客氣疏離，真誠中甚至帶了一絲哽咽。「對不住。其實早該說的，可惜拖到了現在。」

景潯搖了搖頭。「一切都是臣自己的選擇，皇上不必自責。為君臣者，理應衛國守疆，況且皇上也答應了臣的要求，不是嗎？」

元燁看著景潯的眼神，知道他並非口不對心，心裡的愧疚緩解了些。

事情已經發生，多說無用。元燁轉移話題道：「這幾年你雖然不在朝中，但是該給你的賞賜和位置都給你留著呢，曾經朕還以為估計得留一輩子了，還好你回來了。朕已經派人去打掃乾王府了，封王的聖旨早已經擬好，明日便可昭告天下。你可還有什麼想要的，儘管說，朕都給你加進去。」

聽到最後一句，景潯眸光微微動了一下。

賞賜、權力、地位，其實都不重要，他最想要的不過就一個，只不過……

「多謝皇上。」景潯起身，行了一禮，道：「不過既然都已經延遲了四年，那再多延遲一段時間也無妨，不如等過兩個月臣及冠後再宣旨吧。且臣如今是皇上的臣子，乾字畢竟是父親的封號，臣斗膽請皇上費神更換一個。」

元燁想了想，覺得這樣也好，笑道：「也好，那便依你所言。既如此，這段時間朕就幫你把乾王府好好修葺一番，也省得換地方了，你覺得可行？」

景潯只有這兩個要求，其他的都無所謂，躬身道：「多謝皇上。」

元燁點點頭，臉上帶了些笑意。

「那這幾天你就先在宮裡住著吧。」元燁指了指喝得迷茫的元煜。「你也留下，你們以前住過的莘華殿偏殿都空著呢，正好咱們可以一起敘敘舊。」

元煜喝得最多，本來就有些迷迷糊糊，聽兩人說起以前那些沈重的事也不想摻和，自顧自地又灌了幾杯，現在臉都有些紅了。

聽到元燁的點名，元煜抬起頭，察覺到氣氛不再壓抑，一張口就說了大實話。

「我說皇上表兄，你別以為我不知道，什麼敘敘舊，你這分明就是找藉口躲太后娘娘呢。聽說太后娘娘本來安排後天舉辦賞花宴，邀請各世家小姐來宮裡玩，就是在給你選妃呢，你就是怕太后讓你去，所以才拉我們給你擋的吧？」

猝不及防被看穿了小心思，元燁一噎，看著元煜眼睛都睜不開的樣子，恨不得給他一巴掌。

讓他該說的不說，不該說的說上一大堆。

景潯低頭悶笑兩聲，開口打了圓場。「看煜世子這樣估計也走不了路了，既然皇上要留，那臣便恭敬不如從命了。」

翌日，蕭灼比平時晚了半個時辰才從床上起來。

昨日在醉仙樓吃過飯後，她看著窗外熙攘的人群，忽然也對那位乾王世子起了些興趣，便沒急著走。

可惜等了快一個時辰，卻只等到人已經從另一條路進了宮的消息。

雖然對百姓來說是失望的，但也因此街上的人少了大半，讓蕭灼得以好好逛了逛她嚮往已久的珍寶閣。

逛得是真的開心，累也是真的累。回府後，蕭灼只來得及將買回來的東西往梳妝檯上一放，便匆匆沐浴躺上床，一覺睡到第二日早上。

懶懶得伸了個懶腰，蕭灼看著從窗戶透進來的陽光，神清氣爽地起身下床，淨面漱洗，坐到梳妝檯前，興致勃勃地開始擺弄昨天買的那一些東西。

女孩沒有不喜歡胭脂水粉和珠玉首飾的，蕭灼也不例外。第一次進珍寶閣和胭脂坊，就幾乎把店裡最新穎的樣式買了個遍。

蕭灼端詳著手裡一支墜著流蘇的青玉步搖，放在陽光底下細細瞧著裡面流轉的瑩潤光澤，滿意地笑了笑。

她的首飾大都是娘親給她準備的，品類、質地自不必說，有一些甚至還是宮裡賞賜的，也算是見多了好東西。

原本進珍寶閣也就是看一看，沒想到裡頭的東西一點也不比侯府差，種類齊全，花樣繁多，怪不得她都想買。

蕭灼欣賞夠了，對身後正在替她梳頭的惜言道：「惜言，妳待會兒幫我找個精緻些的簪盒來，把這支步搖收起來。」

惜言探頭看了一眼。「這步搖真好看，姑娘可是要送人？」

蕭灼點頭「嗯」了一聲，道：「我準備送給趙小姐，妳看是不是很適合她？」
趙攸寧算是她能出府後認識的第一個朋友，而且前天還主動幫她，她很珍惜這份友情，昨日這支簪子就是為了送給趙攸寧才買的。
惜言手上動作不停，似乎有些意外。「原來是要送給趙小姐，奴婢還以為是要給二姑娘呢。」
聽到這句話，蕭灼手上動作頓了頓，笑意也淡了些。
從銅鏡中看到蕭灼的臉色變了，惜言驀地住了聲，忐忑道：「怎麼了，可是奴婢說錯話了？」
怪不得惜言會這麼說，以前她與蕭嫵戴相同的首飾或者互贈一樣的東西也不是一、兩次了，惜言不知道這兩天在她身上到底發生了何事，當然會這麼認為。
不過蕭灼也就黯然了一瞬，便又恢復笑容，拿起另一支玉簪，邊看邊道：「惜言，妳覺得二姊姊對我好嗎？」
惜言想了一會兒，道：「姑娘可是要聽實話？」
蕭灼瞇了瞇眼，故作凶惡。「怎麼，妳還想說假話騙我？」
蕭灼誇張的表情將惜言逗得一笑，繃著的臉放鬆下來，認真道：「其實若是以前，奴婢是真的覺得二姑娘與姑娘感情很好。可是自從大夫人去世後，二姑娘待小姐看著沒什麼不同，奴婢卻總覺得不對勁。以前宋嬤嬤總是告誡我們，害人之心不可有，防人之心不可無。咱們府裡的關係算是簡單的了，但是平衡一旦被打破，人心是很難禁得起考驗的。

「以前奴婢不大懂，但最近一段時間，就連奴婢偶爾都能看出二夫人逐漸有些逾矩的舉動，似乎漸漸能明白意思了。」

說到這兒，惜言停了一會兒，才再次開口。「其實奴婢覺得，二夫人可能並不像表面上那樣溫和無所求。還有二姑娘……那天在臨水榭，奴婢就站在您身邊，二姑娘的舉動奴婢看得清楚。二姑娘那一摔，奴婢總覺得半真半假，若不是二姑娘最後自己掉入水中，奴婢都要以為是二姑娘故意要推您入水的呢……」

惜言說到最後，聲音越來越小，見蕭灼低著頭不說話，臉色一白，「撲通」一聲跪了下去。

「這些都是奴婢無根據的猜測，是奴婢口無遮攔，姑娘盡可罰奴婢便是，莫要生氣。」

蕭灼被她忽然的下跪認錯驚回了神，忙起身將人扶了起來。

「妳這是做什麼，快起來。」

惜言被蕭灼扶了起來，還是一臉忐忑不安。

蕭灼安撫地拍了拍她的手，道：「真的，我並未怪妳，我方才只是在想，之前的我到底多傻，連妳都能察覺到的事，我卻毫無所覺。」

惜言一驚，抬頭道：「姑娘，您的意思是……二夫人和二姑娘她們真的……」

惜言是蕭灼夢中所見之人中唯一全心對她的人，也是她目前最信任的人。但蕭灼並不打算將有關夢的事告訴她，畢竟這太過荒謬，而且除了多一個人擔心受怕外，沒什麼好處。

「不確定。」蕭灼道：「不過宋嬤嬤不是說了，防人之心不可無，多個心眼不是壞事。二姊姊待我如何，那我如何待回去就是，妳家小姐我又不是小孩子了，分得清好壞的，不用擔心。」

惜言說這話大半是猜測，同時也是出於對蕭灼的擔憂而提醒，見蕭灼心中有數的模樣便放下了心，點了點頭。

蕭灼伸手戳了下惜言還皺著的臉，噗哧一笑。「好啦，不說這個不開心的了，快來幫我看看今天戴哪個髮飾好看？」

話音剛落，惜墨端著早飯走了進來，剛一放下，便白著臉對蕭灼道：「姑娘，奴婢方才從後廚回來，聽說二姑娘的藏靈軒那邊出事了。二姑娘的貼身丫鬟煙嵐被處死，說是因為前天臨水榭二姑娘落水一事，是她蓄意為之。」

# 第九章

蕭灼第一反應是純屬胡扯，煙嵐與此事哪有什麼干係？可看惜墨嚇得臉都白了，不像作假，眉頭緊皺道：「具體是怎麼回事？」

惜墨聲音還有些顫抖。「具體的奴婢也不知道，奴婢是聽秋水閣的灑掃丫鬟阿若說的，她說二姑娘屋裡的煙雨無意間撞見煙嵐與府裡夜巡的一名家丁私通，便將此事告訴二姑娘和二夫人，二夫人當即將人拿住了，細問之下竟然牽扯出之前臨水榭的事。說是煙嵐之前做事毛躁，被二姑娘罰了幾回，便懷恨在心，所以讓她那情郎藉著夜巡悄悄將臨水榭的欄杆弄壞，再向二姑娘提議與眾小姐在臨水榭作畫時，找機會將二姑娘推入水中讓她出醜，藉此報復。這事還驚動了侯爺，侯爺方才已經下令將煙嵐和那個家丁一起處死了。」

怎麼可能？就算蕭灼沒有作那個夢，那天蕭嫵落水後，煙嵐的一舉一動她都看在眼裡。從大驚失色到立刻去喊人，還顧著蕭嫵的名節，在蕭嫵被救上來後第一時間拿衣服給她披上，如此種種，又怎麼可能是策劃這些的人呢？

蕭灼想起那天她與父親說完欄杆有蹊蹺後，蕭嫵的動作僵硬，有些心驚，一個模糊的猜測從她心底升起。

若蕭嫵真是因為要打消她的疑慮，所以才把煙嵐推出來的話……

想到這個可能，蕭灼心中涼意頓起。

說曹操曹操到，蕭灼還未細想，便見蕭嫵在另一個丫鬟煙雨的攙扶下走了進來，看到蕭灼的一瞬間，蕭嫵的眼淚就流了下來。

蕭灼一愣，這唱的是哪一齣？

不過就算心裡已經有了芥蒂，但畢竟還是在同一個屋簷下，並未撕破臉，蕭灼也懂得面上最好保持不動聲色的道理，只愣了一瞬，便壓下心裡的猜測，起身扶住了蕭嫵。

「二姊姊，這是怎麼了？」

蕭嫵沒有說話，只是低頭用手帕擦拭著眼淚。

蕭灼無法，只能將人扶到桌邊坐下，倒了杯茶放在蕭嫵的手邊。

蕭嫵哭了一會兒才慢慢止住，拉著蕭灼的手讓她在對面坐下，才帶著哽咽開口道：「三妹妹，二姊姊要向妳道歉，那天臨水榭的事，其實另有蹊蹺。」

蕭灼抬頭看了惜墨一眼，道：「我方才聽說了一些，是與煙嵐有關？」

蕭嫵又低頭抽噎起來。「我真沒想到，她的氣性怎麼會那麼大。她做事一向毛躁，我罰她，也是為了她好，沒想到她竟然想出這麼歹毒的計謀來害我，還差點連累了三妹妹，幸好沒出什麼事，否則我真是罪該萬死。」

蕭嫵緩了一會兒，才繼續道：「其實那天事出後我也覺得不對勁，留了個心眼兒，沒想到竟然是出在煙嵐身上。這丫頭跟了我那麼久，虧我還這麼信任她。」

蕭嫵說得情真意摯，指責得理直氣壯，合著滿是懊悔又心痛的語氣，將因為被信任之人而背叛的痛惜演得淋漓盡致。

若不是她親耳聽到賀明軒早有準備的那句「三姑娘」，以及看到他發現是蕭嫵時那瞬間的驚訝慌亂和不解，她就真的信了。

蕭灼心中冷笑，面上卻滿是驚訝和懊悔。

「沒想到竟然是煙嵐，那天那欄杆我也發現有問題，卻不敢確定，這才下意識遠離，還和父親說了。我雖然不聞外事，卻也聽過一些高門大戶的腌臢事，這事害得我這幾日一直作噩夢，睡得也不好，甚至還一度疑心到姊姊身上，沒承想竟是這樣，現在想想真是不該。」蕭灼忍著內心的不適，滿是懊惱道。

原先她以為逢場作戲不是什麼難事，輪到自己身上才覺得真的難受，簡直都有些佩服起蕭嫵來。

不過演還是得演，免得蕭嫵不放鬆警惕，又做出什麼瘋事來。

蕭嫵抬眼，看蕭灼神情不似作假，暗自鬆了口氣，同時又覺得有些沒來由的陌生。

不知是不是錯覺，從宴席上蕭灼不知是否故意的反擊後，她總覺得這個在她眼裡單純呆傻的妹妹，好像和以前不同了。

不過不管怎麼說，好歹先把這事圓了。

蕭嫵拍了拍蕭灼的手，搖搖頭道：「不怪妳，當時那情景，咱們對調一下，我也難免疑心，還好如今真相大白，否則若是為了這事使得咱們姊妹離心，那叫我如何自處？只是可惜，煙嵐那丫頭……」蕭嫵說著又拿帕子拭了拭眼角。

「對了。」蕭嫵忽地想起了什麼，道：「昨兒個宮裡來了帖子，太后娘娘明日在宮中設賞花宴，請各家小姐一起入宮觀賞解悶，傳信的公公來的時候妳不在家。本來我是準備昨天晚上來告訴妳的，只不過被這事拖住了，這才拖到今早。」

「太后娘娘？」蕭灼忽地想起夢境最後那一幕，心裡像被什麼觸動了一下。

「是啊。」蕭嫵道：「這還是太后娘娘第一次邀世家小姐進宮，宮裡規矩繁雜，咱們又是第一次入宮，得好好準備準備。」

蕭灼回過神來，笑著點了點頭。「我知道了，謝二姊姊提醒。」

蕭嫵點頭，偏頭看到桌上還沒有用的早飯，既然該說的都已經說了，便起身道：「行了，我來最主要的就是告訴妹妹這兩件事，如今話已經帶到，誤會也解開，我就不打擾妹妹了，妹妹今日好好休息，咱們明早一同進宮。」

蕭灼早就巴不得她走了，聞言點了點頭，也不再挽留，將煙雨喊了進來，道：「好好扶姊姊回去，路上慢些，勸姊姊莫要再傷心了。」

煙雨行禮稱「是」，伸手將蕭嫵扶了起來。

蕭嫵嘴角的僵硬轉瞬即逝，到底沒再說什麼，在煙雨的扶持下出了門。

看著蕭嫵離去的背影，蕭灼回想起以前經常在蕭嫵身邊的煙嵐，忽然覺得心中發寒。那丫鬟才十六歲，活潑機靈，自小陪著蕭嫵長大，蕭嫵還經常說她與煙嵐情如姊妹。如今，卻毫不猶豫地拿她當替罪羊，就連方才那眼淚，都不知道有沒有幾滴是真心為了煙嵐而流。

蕭灼突然開始後悔和父親說的那句話了。二夫人能忍這麼多年，將自己的心思藏得這麼牢，多少有些手段。父親不諳後院的事，哪裡猜得透二夫人的心思。若是她不說，煙嵐是不是就不會被推出來了？

蕭灼自嘲地笑了笑，其實追根究柢還是她小看了蕭嫵的心狠手辣，連自己的親信都能毫不猶豫地推出去。

母親說得對，果然人心是會變的。

她這回算是徹底見識到了。

蕭嫵走後，蕭灼也沒什麼心思吃飯了，草草吃了兩口後，坐在窗邊將做了一半的荷包拿出來，想藉以平心靜氣。

她以前並不喜歡女紅，水平一直馬馬虎虎，娘親走後因為無聊，才漸漸有了繡些小東西的習慣。

二八年華的姑娘家，總是會有一些這個年紀該有的幻想，蕭灼也不例外。她正在繡的這個荷包，是她過完及笄禮才開始動手的，當時一邊刺繡，也會在心裡幻想自己未來夫君的模樣，覺得應該是一個斯文秀氣，很有書生氣息的男子。

只不過那是之前的想法，現在她想起這兩個詞，腦子裡聯想到的只有賀明軒，讓她想把剛吃的飯都嘔出來。

蕭灼看著手中繡了一半的鴛鴦戲水，頓時沒了興致，拿出剪刀來三、五下絞了個乾淨，「啪」地扔了回去。

得了，還不如睡覺清靜呢。

第二日，因為要進宮，蕭灼難得早起了半個時辰，打扮也比平日仔細了些。

蕭灼出門的機會少，在府裡大多就是一件寬袖束腰長裙了事，遇到節日頂多是裙子上的花紋繁複一些。今日難得穿了件不久前新做的藍色廣袖水紋長裙，裙襬的紋路使得走起路來如水波蕩漾，腰間換成了兩指寬的腰帶，顯得腰身纖不盈握，再加上顏色是比較偏深的藍色，將靈動俏皮與大家閨秀很完美的結合在一起。
蕭灼對著鏡子左右照了照，很是滿意。在髮間簡單地簪了一支玉簪便帶著惜言出了門。
侯府大門外，蕭嫵與二夫人已經等在那裡了，面前也只有一輛馬車，看來蕭嫵是要與昨日所說的一般與她一道了。
看到蕭灼來了，蕭嫵笑著走上前來，道：「我正準備讓煙雨去看看妹妹好了沒呢，可巧就來了，現在時間剛好，咱們快走吧？」
蕭灼面上笑了笑，心裡卻飛快想著藉口再備一輛馬車。
正準備開口，不遠處的轉角忽然傳來馬蹄聲，一輛馬車自轉角駛過來，停在侯府馬車的旁邊。
趙攸寧掀開車簾，從裡面跳了下來。
蕭灼眼睛一亮。
「咦，真巧啊，二夫人、二小姐也在呢。」趙攸寧朝二夫人和蕭嫵道了句好，徑直走到蕭灼身邊道：「阿灼，太后娘娘給各家小姐都下了帖子，我估計妳應該也收到了，我一個人去無聊，不介意和我作個伴吧？」
當然不介意，蕭灼求之不得。

「當然不介意，不過……」蕭灼似有些為難地看向蕭嫵。

話都說到這分上，蕭嫵當然明白要怎麼做。

蕭嫵扯出一個笑來。「趙小姐盛意，三妹妹當然不要辜負了，去吧。」

蕭灼福了福身，跟著趙攸寧一起上了她的馬車。

蕭嫵看著兩人的背影咬了咬牙，也上了車。

馬車上，蕭灼拉著趙攸寧的手。「妳怎麼來得這麼剛好？」

「別說，還真挺巧的。」趙攸寧道：「本來我只是想從這邊順路經過，沒預想一定能遇到妳，現在看來這個決定還挺對。」

趙攸寧自然看出蕭灼那瞬間彷彿得救了的表情，不過蕭嫵與蕭灼畢竟是姊妹，蕭灼不說，她也不會隨便問。

蕭灼笑得露出唇邊的小梨渦，忽地想起什麼，掀開馬車簾子，從坐在馭位上的惜言手裡拿了樣東西進來。

「喏。」蕭灼將一個盒子遞到趙攸寧面前。「這個送給妳，前天我在珍寶閣看到的，覺得很適合妳。」

趙攸寧驚訝地接過來打開，眼睛一亮。「好漂亮的步搖！」

趙攸寧歪頭看著蕭灼。「怎麼忽然這麼好，想起來給我送東西了？」

蕭灼第一次送別人東西，還有些不大好意思，笑道：「妳喜歡就好。」

「當然喜歡，我好久沒看到這麼好看的首飾了。」趙攸寧摸了摸步搖，隨即將蓋子蓋好，放入馬車內的暗格中，確認放妥了才起身坐到蕭灼身邊。

「其實我也有件事要和妳說，就是上次我和妳說的佑安，她已經回來了。方府離得近，應該會比我們早到，今天介紹妳們認識，妳們一定合得來。」

蕭灼道：「那敢情好，我正擔心沒什麼認識的人，不小心出錯呢。」

「放心。」趙攸寧拍了拍蕭灼的肩膀。「聽說太后人很好，挺親和，咱們中規中矩，不會出錯的。」

蕭灼點點頭，聽到太后這兩個字，心裡還是會莫名輕顫。

馬車在一個多時辰後停在了宮門口。

蕭灼、趙攸寧和蕭嫵先後下了馬車，宮門外已經停了大大小小十幾輛馬車，各家小姐下來後，都有等候在宮門口的公公、嬤嬤引進宮。

入宮見太后若沒有得到允許是不得帶自己的丫鬟的，蕭灼囑咐了惜言幾句，和趙攸寧一起隨著引路的嬤嬤走了進去。

賞花宴設在御花園中，以萬豔亭為中心擺了不少桌椅。她們兩個到的時候，已經有不少姑娘三三兩兩地聚在一起了。

蕭灼看到了站在不遠處的孟余歡，孟余歡眼神從趙攸寧和蕭灼身上略帶不屑地掃過，落到比她們落後一步的蕭嫵身上。

蕭嫵正鬱悶呢，看到孟余歡便親熱地走了過去，兩人說起話來。

不多時，一位看起來有些地位的老嬤嬤過來傳話，道太后這會兒有些事，大概半個時辰後到，讓各位小姐們先在御花園自行觀賞。

眾人自然乖乖稱是。

趙攸寧的視線從眾人之間掃過，道：「佑安有個表姊是這宮裡的女官，估計她是去找她表姊了。阿灼妳先在這附近逛一會兒，我去把她找來。」

蕭灼點頭。「嗯，別誤了時辰。」

趙攸寧答應著去了，蕭灼便就近找了個位子坐下。

正如趙攸寧所說，太后這次給京城大小官員家的小姐都下了帖子，更重要的是，這些小姐都是未出閣的年紀。

趙攸寧在馬車上悄悄和她說，這次太后可能不單單是要邀人賞花解悶，還有一個可能是要給皇上物色人選充盈後宮。畢竟皇上登基這幾年，後宮排得上號的就一個舒妃，連皇后都沒立。

想到這一點的當然不只趙攸寧，所以今天來的小姐們個個都精心打扮了一番，蕭灼竟還算是低調的，當然，僅僅是衣飾。即使蕭灼坐在一邊，帶著打量落在她臉上的目光依然不少。

蕭灼坐了一會兒，起身往桃花林裡走了幾步。

方才來時她就發現萬豔亭的周圍鋪著大片大片的粉櫻和桃花。陽春三月正是百花盛放的季節，遠遠望去一片絢爛的粉。

更奇的是，也不知宮裡的花匠用了什麼方法，裡頭除了粉桃和粉櫻，竟然還有顏色鮮紅的桃花花色，甚至還夾雜著未謝盡的紅白綠梅。淡淡的花香瀰漫在林間，帶著初春的清冽氣息，沁人心脾。

蕭灼本來只想隨便逛逛，誰知看著看著就入了迷，每發現一棵顏色迥異的花樹，還會在心裡小小驚喜一下，不知不覺越走越深。

直到眼前由粉色桃林逐漸轉變為成片的薔薇花架時，蕭灼才忽然驚覺過來，自己似乎迷路了。

心裡湧上一絲慌亂，但很快就被蕭灼壓了下去。

這裡是皇宮，一點小事都能傳遍的地方，而且到處都是人。今日太后辦賞花宴肯定都知道，大不了隨便找個宮女帶個路不就行了。

打定主意，蕭灼一邊左右看看有沒有路過的宮女或太監，一邊準備按原路往回走。

沒想到正要轉身，她就看到不遠處的薔薇花架邊，正好站著一個人。

這人背對著她，既不是宮女，也不是太監，而是一個穿著月白色廣袖長袍，身形高瘦頎長的男子，看那衣料，身分估計不簡單。

蕭灼將想要上前求助的心按了回去。宮中乃是非之地，不認識的人還是少招惹為好。

正待回身，那人居然似有所感般，忽地轉過身來。

蕭灼抬起的步子驀地停在了原地。

# 第十章

蕭灼雖不大出府，卻也見過不少模樣好的男子。蕭肅年輕時就是大鄴朝排得上號的美男子，還有她每年年關都會回來的哥哥蕭庭，以及壽宴上見過的煜世子等，都是讓人難忘的樣貌，可都遠沒有眼前這人給蕭灼的衝擊力大。

眼前的男子輪廓清晰卻不鋒利，膚白若雪，鼻梁高挺筆直，漆黑雙眼與濃烈的眉色在其上恰到好處的暈染開來，不僅不突兀，反而明亮生動，合著周身內斂的氣質，讓蕭灼聯想起白底染墨勾勒出鋒芒暗藏的水墨畫。

蕭灼實實在在地被驚到了，投去的目光一時竟忘了收回來。

最後，還是對面那人叫她半晌沒有動作，低聲輕笑了一聲，這笑容再一次晃了蕭灼的眼睛，將蕭灼彷彿被凍住的神識拉了回來。

蕭灼忙收回眼神，意識到自己直勾勾地盯著人看了半晌，心中懊惱，臉上也浮起一絲紅暈。

好在這人只是笑了一下，並沒有介意她的無禮。

蕭灼深呼吸一口氣，平復內心的尷尬，對著那人福了福身。「無意冒犯，公子莫怪，告辭。」說完趕緊低著頭轉身欲走，可是一轉身，後面是一片桃林，路都差不多，連來時的那條都不大能確定了。

蕭灼腳步猶疑了一下，硬著頭皮隨便選了一條。

可剛走沒兩步，便聽後面那人忽地開了口。「姑娘可是前來赴太后的賞花宴的？」

方才是自己無禮，人家現在說了話，當然不好不答。

蕭灼停住腳步，回身，疑惑道：「正是，公子可有事？」

景潯走近兩步，清如玉碎般的聲音帶著一絲似有若無的笑意。「在下聽姑娘方才的腳步猶豫不定，想是迷了路，可需要在下帶路？」

蕭灼一愣，剛剛消下去的紅暈再次漫了上來，若是此時地上有個洞，蕭灼一定毫不猶豫地鑽進去。

雖然嘴硬想要拒絕，可是她還沒尷尬到失去理智，半個時辰馬上就要到了，在太后的宴席上遲到，可比丟個臉嚴重多了。

蕭灼尷尬笑笑，攏在袖中的雙手緊緊揪在一起才勉強壓住心裡的翻江倒海，行了個禮道：「煩勞公子了。」

景潯點了點頭，看著蕭灼懊惱地頭都不敢抬的模樣，眼底笑意更深，很是善解人意地沒有再說話，轉身帶路。

蕭灼鬆了口氣，抬腳跟了上去。

許是怕人多眼雜，景潯帶蕭灼走的是桃林外圍一條平時沒什麼人走的路，周圍很安靜，一時只有兩人的腳步聲。

蕭灼落後半步跟在後面，臉上熱意消散下去後，不由地又開始打量起眼前的人。

這還是蕭灼第一次發自內心覺得好看得讓她移不開眼的人。而且這人不僅沒有因為她的失禮而取笑她，反而還看出她迷路了，主動給她帶路，人還挺好。

怪不得趙攸寧總覺得長得好看的人心腸也不會壞，想交來做朋友呢。其實自己說不定和她差不多，只是標準與她不大相同罷了。

有了之前的教訓，蕭灼這次選擇了偷偷打量，所以在前面的人停下腳步後，蕭灼也迅速收回了視線。

「到了。」景潯朝著不遠處從花林中露出一角的萬豔亭，示意了一下。

蕭灼一愣。

這麼快？

不過聽著那邊傳來的依稀人聲，太后應該還沒來。

蕭灼鬆了口氣，低頭福了福身。「多謝公子。」說完便提起裙襬，向萬豔亭小跑了過去。

跑到一半，蕭灼忽地想起一件事，她似乎忘了問這人的名字了。

想到此，她立刻停住腳步轉身，可是方才站的地方已經空空如也，沒有那人的身影了。

蕭灼垂下眼，有些失望。

其實本來就是一個舉手之勞的事情，她也好好道了謝，不知道名字也不算什麼大事，可蕭灼心裡卻沒來由得有些失落，好像錯過了什麼一樣。

但是沒辦法，人都走了，只能希望以後還能遇見了。

蕭灼懊惱地敲了一下頭，繼續快步往萬豔亭那邊走過去。

萬豔亭邊，她原來坐著的位子上，趙攸寧正焦急地一邊問周圍的人，一邊四處找人。看到朝這邊走過來的蕭灼，眸子一亮，臉帶嗔怒地跑了過來。

「妳去哪兒了？我回來找不著人，還以為妳走丟了呢，這邊我也不太熟悉，可嚇死我了。」趙攸寧拍拍胸口，一臉後怕。

的確是蕭灼不小心，她眨了眨眼，有些抱歉。「是我的錯，方才我賞花起了興致，往林子裡走得深了些，下次不敢了。」

趙攸寧語氣放軟道：「我不是生氣，只是這是在宮裡，萬一衝撞了哪位貴人，那可不得了。」

蕭灼心道晚了，已經衝撞了。這麼想著，蕭灼後知後覺自己方才的警覺性實在有些差，姓名、身分一概不知，也敢接受人家的幫助，真是色令智昏。看方才那人的衣著，肯定不是皇上，但也一定不是什麼普通人。

「怎麼了？」趙攸寧伸手在蕭灼面前晃了晃。「發什麼呆呢？」

蕭灼回神，笑了笑道：「沒什麼。對了，妳說要介紹我認識的那位蘇小姐呢？」

趙攸寧看著蕭灼眼神似有躲閃，有些納悶。不過見人安全回來了，也就放下了心，笑著朝不遠處招了招手。

一個穿著粉色衣衫，圓臉杏眼，模樣十分討喜的姑娘朝這邊走了過來，看到蕭灼的瞬間，眼中很明顯亮了一下，隨即揚起大大的笑臉。

「這位就是安陽侯府的那位三姑娘了？」蘇佑安行了個平禮，笑容燦爛道：「攸寧說的果然沒錯，妳長得可真好看。」

蘇佑安的語氣無比真誠，倒把蕭灼給逗笑了。蕭灼笑著行了個平禮。「蘇小姐妳好，我是蕭灼。」

蘇佑安擺擺手。「直接叫我佑安就行。」隨即親熱地走過來拉住蕭灼的一隻胳膊，道：「我聽攸寧說妳之前身子不好，沒怎麼出過府，是嗎？」

蕭灼點點頭。

蘇佑安道：「那正好，如今正是春日踏青的好時節，我正愁兩人一起玩不夠熱鬧呢，咱們三個一起剛剛好。」

蕭灼還是第一次被同齡人這麼熱情的對待，一時有些受寵若驚。不過蘇佑安雖然自來熟，但語氣和眼神都十分真誠，尤其笑起來還有憨態，並不會讓人覺得不舒服。

蕭灼點點頭。「恭敬不如從命。」

趙攸寧撇撇嘴，一邊搖頭，一邊嘖嘖道：「見色忘友！」

蘇佑安嘻嘻一笑，歪歪頭。「妳是在說我，還是在說蕭小姐？」

蕭灼噗哧一笑。

趙攸寧也憋不住笑，道：「好了，快過去吧，太后娘娘估計馬上就要到了。」

話音剛落，就見幾個貴人在一隊宮女、太監的簇擁下，從萬豔亭後走了過來。為首的大太監高聲唱道：「太后娘娘，舒妃娘娘，長公主殿下到——」

# 第十一章

大太監話音一落，人群中細碎的私語聲頃刻消失，眾人不約而同的站成左右兩列，齊齊下拜。

「臣女拜見太后娘娘，舒妃娘娘，長公主殿下！」

大太監拂塵輕甩，躬身往側邊一讓，一名保養得宜的美貌婦人在兩名身著宮裝的女子攙扶下，緩步走了過來。

蕭灼乖乖地隨著趙攸寧和蘇佑安一起跪下行禮，眼神還是忍不住悄悄抬起，落到了走過來的那三人身上。

左邊身著玫紅色宮裝，髮髻綰起，妝容華貴的應該是如今宮中位分最高，也是最得寵的舒妃。右邊身著雨過天青色宮裝，年紀看著比蕭灼大不了幾歲，容貌姣好的女子，應該就是長公主元清曲。

被兩人一左一右虛扶著走在中間的，便是當今的太后。

太后如今年近四十，因為保養得宜的緣故，歲月幾乎沒在太后臉上留下痕跡，雍容且貴氣，一看便知年輕時是個不可多得的美人。

最重要的是，她的容貌與蕭灼夢中的一模一樣。

即使做好了準備，蕭灼還是不可避免地驚訝。

這兩天，她時常回想自己小時候的事，從有記憶開始她就已經在侯府了，而且她記得娘親還會時不時的和她講她還在肚裡的一些趣事，並不似作假。

而且這段時間她已經沒有再作那個夢了，想確認都沒辦法。

但是不可否認的，她看到太后的那一刻，心裡的確有一些異樣的想要親近的感覺，也不知道是不是心理作用。

蕭灼深吸口氣，將心底的疑惑壓了下去。

這可不像蕭嫵那樣容易驗證，那可是太后，借她膽子她都不敢主動問。

若是假的就算了，反正她也沒真的相信過。如果是真的，娘親不說肯定有她的道理，也就只能慢慢探究了。

蕭灼正思索間，太后已經在舒妃和長公主的攙扶下走到了萬豔亭內，微微笑著朝底下抬了抬手。「不必多禮，都起來坐吧。」

太后語氣隨和，眾人也微微放鬆了些，紛紛低頭應是，站起了身，在太后、舒妃和長公主先後落坐後，找到自己的位子坐了下來。

位子都是事先安排好的，按照各家官員品級依次排下，蕭灼和蕭嫵是一家人，所以位置相鄰，蕭嫵旁邊就是孟余歡。蘇佑安和趙攸寧座位相鄰，坐在蕭灼對面。

「三妹妹方才去哪兒了，竟許久不見人？」蕭嫵在蕭灼旁邊落坐後問道，顯然也注意到蕭灼離開了挺長一段時間。

蕭灼道：「第一次進宮，有些好奇，在附近隨便逛了逛。」

「原來如此，不過這是在宮裡，還是不要一個人落單，下次要去哪兒和姊姊說一聲，我陪妳一起。」蕭嫵道。

蕭灼笑了笑。「沒事，我心中有數。」

蕭嫵點點頭，看著對面坐著的趙攸寧和蘇佑安，狀似不經意道：「對了，三妹妹，我瞧妳和趙小姐關係不錯，之前怎麼沒聽妳說過？」

蕭灼早知道她會問，淡淡道：「在爹爹壽宴上認識的，爹爹囑咐我多認識些人，趙小姐人熱情，一來二去的便熟悉了。」

蕭灼本就有些心不在焉，蕭嫵這試探似的問法她也嫌煩，說完這句便轉過頭，將眼神放在亭中的太后身上。

蕭嫵欲出口的話被迫憋了回去，交替放在膝上的雙手緊了緊，也將目光投向了太后那處。

太后從身後的宮女手中接過一把扇子，輕輕搖了搖，微微笑著的眼神從底下坐著的人身上一一掃過。

不知是不是錯覺，太后的視線落到蕭灼身上時，似乎小小停頓了一下。只是極短的一瞬，便收了回去。但蕭灼還是奇異地捕捉到了，呼吸急促了一下。

掃視一圈後，太后感嘆道：「真是歲月匆匆啊！轉眼間，眾位大臣家裡的姑娘都出落得這麼水靈了，哀家也越發覺得自己老嘍！」

一旁的長公主笑著接話道：「前面這句兒臣同意，可後面這句，兒臣就不依了，兒臣瞧母后的皮膚比兒臣還好得多，母后說自己老，那兒臣豈不就是『老』姑娘了？」

太后噗哧一笑，拿手中的扇子敲了下長公主的頭。「就妳嘴甜，都是出宮建府，馬上要嫁人的人了，還這麼油嘴滑舌的。」

長公主側身躲過，有些臉紅。另一邊的舒妃沒有說話，溫婉地低頭，掩唇輕笑。

太后搖搖頭，回過身道：「哀家許久不曾見人，都快對不上號了，妳們都是哪位大人家的姑娘，報給哀家聽聽。」

眾人一聽這話，皆神色各異，心道：看吧看吧，果然不可能是單純的賞花，這都對上家世了。

面上雖然不顯，心裡卻都多了小心思。

世家女子，尤其是出身低一些的，誰不想飛上枝頭變鳳凰，給家族帶來榮耀？

王公貴族家的小姐有不少躍躍欲試的，不過她們對進不進宮倒無所謂，主要是想博得太后和長公主的好感。如今舒妃正得寵，冒險得罪舒妃，還不如與長公主打好關係，擴展一下自己的交際圈，那可比進宮有吸引力多了。

太后輕搖了搖手中的扇子，道：「哀家就不點名了，看妳們自己哪個膽子大的就先吧。」

眾人妳看看我，我看看妳，最終，孟余歡左邊第三位的青衣女子大著膽子，第一個站了起來。

「臣女戶部侍郎萬永之女萬晴，見過太后娘娘、舒妃娘娘、長公主殿下。」

太后上上下下打量萬晴一遍，打趣道：「哀家記得萬永性子穩重老實得很，沒想到生個閨女這麼伶俐。不錯，不錯，是個好孩子。」

「謝太后娘娘誇獎。」萬晴得了誇讚，行禮叩謝，滿面紅光地坐了回去。

緊接著，孟余歡也從位子上站了起來，屈膝行禮道：「臣女左都御史孟城之女孟余歡，見過太后娘娘、舒妃娘娘、長公主殿下。願太后娘娘鳳體康健，舒妃娘娘、長公主殿下萬事順心。」

「喲，好一個會說話的孩子，模樣也俏。」太后笑道：「不錯。」

「多謝太后娘娘讚賞，臣女愧不敢當。」

有了這兩人作頭，其他人也都放開了些，不疾不徐地一個接著一個起身。太后也始終笑著看著，或者問一、兩句有什麼愛好或才藝，時不時打打趣，氣氛不但不緊張，反而融洽得很。

在趙攸寧和蘇佑安依次起身介紹完之後，蕭灼捏了捏已經有些出汗的手心，輕吸口氣，從座位上站了起來。

蕭灼雙手交疊，置於腰側，行了個標準的萬福。「臣女安陽侯之女蕭灼，見過太后娘娘、舒妃娘娘、長公主殿下。」

太后的眼神在蕭灼起身時就微微變了，沒了之前的客套，彷彿早就等著蕭灼說話似的，手中搖扇的幅度都小了些。

「起來吧。」太后緩緩道：「沒想到阿韻的女兒都長這麼大了。」

太后口中的阿韻便是蕭灼的母親喬韻，喬韻是齊國公長女，被先皇封為清陽郡主，且與太后私交甚好。這一點，在座的人多少也都聽說過。

眾人雖然表面說笑，但無不是悄悄地在觀察太后的表情，看到太后看蕭灼的眼神完全不同，心裡都打起了鼓。

眾人本以為因著故人之子的光，太后定會好感倍增，或誇或讚地多聊兩句，卻沒想到太后只是感嘆了這一句後，便點了點頭，沒有再出聲。

蕭灼意會，福了福身，坐了回去。

眾人納悶的同時又都鬆了口氣，心道長得美也不一定招所有人喜歡，至少太后就不喜歡這種扎眼的。

無人看到，坐在亭中的太后餘光始終都停留在蕭灼身上，嘴角的笑意滿是心疼和慈愛。

蕭灼坐回自己的座位，有些口乾舌燥，拿起面前的茶水喝了一口。

看來是自己看錯了，太敏感以至於想得有些多了。太后和娘親關係好她是知道的，娘親出事後聽說太后還悲痛了很久。這樣說來，夢裡那幕解釋成因故人之子早逝而悲痛也說得過去。

蕭灼舒了口氣，一直縈繞在心裡的一塊大石也落了地。因為緊張，她早上都沒怎麼吃東西，如今一放鬆，肚中竟然隱隱傳來餓意。

蕭灼偷偷抬眼看了四周一圈，確認沒有什麼人將注意力放在自己這邊時，飛快伸手拿了一塊桌上的糕點送入口中，嘴角勾起一絲滿足的笑容。

宮裡的糕點就是比宮外的精緻美味，唯一的缺點就是對於蕭灼這個嗜甜的人來說，還是淡了點。

不過瑕不掩瑜，蕭灼嚼了兩口吞了下去，喝一口茶，然後又吃了一塊。

她吃得專注，完全沒發現這一切全都清清楚楚地被太后看在眼裡。

太后笑得眉眼彎起，正好趁一位小姐講完的間歇，抬了抬手道：「小丫頭們陪哀家閒話了這麼長時間，估計也累了。雲息，」太后轉向站在她身後的大宮女。「妳去吩咐御膳房，再備些瓜果點心來，哀家記得前幾天那桃花糕和百合酥不錯。」

雲息應聲去了。

長公主奇怪道：「母后今兒口味變了？兒臣記得母后以往不是不大愛吃甜的？」

「天天吃淡的也吃膩了，偶爾得換換口味不是？」太后笑道：「妳們小姑娘喜歡，今兒哀家也隨隨妳們。」

底下的人都笑了起來。

長公主看看太后滿是慈愛的笑臉，再看看底下噎著了偷偷喝茶的蕭灼，若有所思。

沒過一會兒，雲息便帶著一群小宮女將瓜果、糕點奉了上來，剛出爐的點心，上面還冒著絲絲熱氣，散發出陣陣甜香。

本來不說大家還不覺得，如今太后主動一提，加上瓜果、糕點一擺上來，眾人紛紛覺出餓來，見太后動了手，也就不拘著了。

眾人又邊吃邊聊了一會兒，氣氛正融洽，之前侍立在太后身後的大太監小跑過來，躬身道：「太后娘娘，皇上、煜世子和潯世子來了。」

話落，就見不遠處身著明黃色長袍的年輕皇帝，以及後面跟著的兩位世子正大踏步地往這邊走過來。

蕭灼抬頭一看，忽地愣住了。

走在皇上後面那位月白色長袍的男子，不正是給她帶路的那個如水墨畫一般的美人嗎？

煜世子她認識，那他……就是那個大名鼎鼎的潯世子了？

# 第十二章

「參見皇上。」眾人愣怔過後，瞬間跪倒一片。
舒妃和長公主也從座位上起身，屈膝行禮。
「給皇上請安。」
「臣妾給皇上請安。」
元燁抬抬手。「都起來吧。」隨即面向太后，笑得乖巧。
「兒子給母后請安。」
太后點點頭，沒說話，顯然是因為元燁的遲來不大高興。
元燁輕咳了一聲，示意身後跟著的宮人將準備好的披風拿上前，親自拿起來走到太后身邊給太后披上。
「如今雖然是三月天，但是風裡多少還帶著涼意，母后怎麼穿得這樣單薄？這些奴才們也不細心著點。」
被自己兒子這麼一關心，太后心裡的那點不開心頃刻消散，拍了拍元燁的手，道：
「難為你有孝心，要是多聽聽哀家的話就好了。」

元燁道：「母后這可錯怪兒子了，不是兒子不想來，實在是正和兩位世子商量事情呢，所以才耽誤了。」語罷，元燁看向底下站著的兩人。

元煜接收到元燁的眼神，瞬間會意，收起嘴邊的笑容，手中扇子一收，正色道：「是啊，太后娘娘，如今正是春初農耕農事繁忙之際，皇上事務繁多，正好潯世子從外面回來，了解不少，所以皇上方才確實是在與咱們討論呢。」

景潯淺笑默認。

太后看了三人一眼。「行了，你們都是一氣的，總有理由。不過皇帝你也是，潯世子剛回來，你該讓他好好休息才是，有什麼事非要急在這幾天。」

「這不是乾王府久不曾使用，需要修繕嗎？不過今日就差不多了，待會兒說完了事，兒臣就讓潯世子回府好好休息。」元燁很是順從地答應。

見自家兒子難得乖順，太后十分滿意，臉上重新掛起之前的笑容，起身道：「行了，人到齊了，閒聊也聊夠了，今日既然是賞花宴，自然也要賞一賞花兒才是。今日御花園中桃花芳菲，不如陪哀家一起在這林中走一走吧。」

眾位小姐紛紛起身，異口同聲。「太后盛心，臣女等深感榮幸。」

長公主走到太后身邊，與皇上一左一右扶著太后，其餘人跟在後面，往桃林中緩步過去。

蕭灼與趙攸寧和蘇佑安走在一起，聽著後面人小聲談論走在前面的景潯和元煜。從方才這三人過來開始，這些小姐暗裡的目光就幾乎全落在這三人身上。元煜還要好些，估計是社交範圍廣，喜歡湊熱鬧的緣故，不少世家小姐都見過他。另外兩個就不一樣了，一個是英俊威嚴的當今聖上，且正值壯年，還可能是這場賞花宴隱藏的主角。另一個則是傳說中少年英才又失蹤多年才回朝的傳奇人物，在座的都是第一次見，當然，最重要的，還是這萬中無一，絕對出色的容貌。

方才景潯從她們前面走過的瞬間，蕭灼甚至隱約聽到了旁邊人的抽氣聲。至於趙攸寧和蘇佑安慣於欣賞好看之人的人，自然也在其列，兩人已經一來一回往那兒看了好幾眼了。

蕭灼心裡平衡了些，這麼看來，自己之前看著人發呆也是情有可原。

「我的天，沒想到這位潯世子竟然長得這樣好看，可惜看著似乎不大好親近。」蘇佑安自言自語般道。

的確，蕭灼看向景潯這會兒看上去略顯冷硬的側臉，與她之前看到的溫暖和煦完全不同，氣質也變冷了些，若不是那臉太扎眼，她差點都以為不是一個人。

「妳懂什麼？」走在蕭灼另一邊的趙攸寧道：「如這般見慣他人關注的目光，自身又有實力的人，大多是高傲的，這一高傲，看起來就不大好親近了唄！」

不，不是高傲。蕭灼在心裡默默反駁了一句，也不知是哪裡來的篤定。但是直覺告訴她，景潯一定不是高傲，此時處在熱鬧之中的男人，反而更多像是孤獨。

蕭灼又抬眼往景潯那兒看了一眼，隨後輕搖了搖頭。

一面之緣而已，自己怎麼開始揣摩人家了？實在太不矜持了。

「妳怎麼了，阿灼，怎麼一直不說話？」趙攸寧看著一臉若有所思的蕭灼，道：「我看妳好像也往潯世子那兒看了好幾眼，怎麼，也看入神了？」

蕭灼臉一紅。「哪有，我只是……」蕭灼說著，一偏頭，正好看到在她前面半步的孟余歡也在偷偷看景潯，唇邊還掛著羞澀的笑意，原本要說的話一下卡了殼。

不知怎麼的，有些不大開心。

「妳說呀，只是什麼？還找藉口呢。」蘇佑安見她說到一半不說了，歪著頭打趣道。

「我說，我只是在想什麼時候能結束，一直拘著，怪難受的。」蕭灼收回眼神，白了兩人一眼，小聲補全了道。

趙攸寧嘆了口氣。「別想了，早著呢，看這樣子，中午八成得在宮裡用飯，下午才能回去呢。」

果然如趙攸寧所說，皇上、元煜和景潯在陪太后逛了一會兒後，便藉口有事先走，剩下的人則被太后留下在宮裡用了午飯。

原先眾人還擔心飯後太后會不會讓大家作作詩、繪繪畫，藉此考考才藝什麼的，有的還以防萬一特意做了準備。不過還好並沒有，飯後不久，太后就有些乏了，便散了宴。

宴後，長公主陪太后一道回鳳寧宮。

路上，長公主瞧太后心情頗好，閒聊道：「母后覺得這些姑娘如何，可有看上的？」

太后聞言，看了長公主一眼。「怎麼，妳也覺得母后辦這賞花宴，真是給皇帝選妃？」

長公主愣了愣。

難道不是？那為何要皇上過來？

太后似是知道她的疑惑，道：「妳哥哥的性子妳又不是不知道，他若不願，哀家逼他也沒用。這次一來的確是哀家覺得這宮裡冷清得很，添添活氣；二來皇帝近來朝中事忙，讓他也一同放鬆放鬆。當然，若是真有能看對眼的，那就更合哀家的意了。」

當然，還有最後一個，也是真正的原因，太后並未說出口。

「原來如此。」長公主道：「還是母后用心良苦啊。不過說實話，這一代的世家小姐們，模樣出落得倒真是好，禮儀教養也都不差。」

太后點頭，表示同意。

「我瞧母后對蕭侯家的三小姐，似乎格外喜愛些。」長公主道。

別人或許沒太注意，可她坐得離太后最近，兩人又是母女，自然看得明白。比如那些甜的糕點，她當時覺得奇怪，後來注意到太后好幾次往那邊看，心裡也就大概明白了。

不過這也正常，母后與喬姨交情頗深，蕭三姑娘是喬姨的女兒，母后當然愛屋及烏。

說到蕭灼，長公主又感嘆道：「說到蕭三姑娘，她的模樣出落得可真是漂亮，我瞧著比喬姨還要美上幾分，儀態、性格都沒得挑，而且吃東西時的小模樣還怪討喜的。」

說來也怪，不只是太后，就連長公主自己對這蕭家小姑娘也有一種莫名的親切感。

太后聽了，嘴角的笑意加深，隨即又想起什麼似的，聲音有些低落道：「可惜這孩子從小因著一些原因從未出過府，也不知能否適應得了這貴女圈子？」

太后看向長公主。「妳再有半個月就得搬去宮外的公主府了，那時與各家小姐接觸應該多些，記得替母后多多照應。」

長公主笑道：「是，母后放心。」

從宴廳出來，蘇佑安和她那表姊還有些話說，所以逗留了一會兒，蕭灼便和趙攸寧一起出宮，途中又遇到了蕭嫵和孟余歡。

因為蕭灼和蕭嫵表面友好的關係，兩人行遂變成了有些尷尬的四人行。

趙攸寧和孟余歡一向是相看兩厭，兩人一左一右分別走在蕭灼和蕭嫵的兩邊，一路上都沒有說過一句話，只有蕭灼和蕭嫵有一搭、沒一搭地閒聊兩句。

好不容易熬到了宮門口，惜言和煙雨正在宮門口的馬車邊等她們，見她們出來，惜言眼睛一亮，幾步小跑過來。

「姑娘，您可出來了，怎麼樣，賞花宴可還順利？」

蕭灼點點頭。「不過是吃吃東西、賞賞花罷了，順利得很。現在都過了午時了，妳們在外頭等，是不是還沒用午飯？咱們快些回去。」

回去的路上，蕭灼自然不能再和趙攸寧同車。

蕭嫵先上了馬車，蕭灼與趙攸寧兩人道了別，約定下次再聚後，回身往安陽侯府的馬車走去。

沒走幾步，一道修長的白色身影帶著一名隨從，也從宮門口走了出來。

正是景潯。

幾人的步子不約而同地停了下來，連一隻腳已經跨上矮凳的孟余歡，都把腳收了回來。

孟余歡微微昂著頭，看著逐漸走近的景濤，儘管面上依然帶著她以為的冷淡矜持，眼底卻不可抑制的洩漏一絲期待。

只是可惜，直到景濤走到停在稍微遠些地方的一輛馬車邊，踏上矮凳上了馬車，都始終沒給周圍人一個眼色。

孟余歡嘴角的笑容僵硬了一下，眼中的期待瞬間轉為尷尬，在臉色變紅前迅速上了馬車。

趙攸寧在旁邊看得憋笑。不知道別人看不看得出來，她對孟余歡可了解得很。孟余歡仗著自己家世、長相不錯，一向自視甚高，事實上之前的確有世家公子主動結識，可她表面有禮，心裡卻一個也看不上，自己還越發拿鼻孔看人。這估計是她第一次被人無視得這麼徹底，恐怕回去八成是要發脾氣了。

趙攸寧自己對於美人只是抱持欣賞的態度，關不關注她倒是不太在乎，重要性還比不上讓孟余歡吃癟呢。

趙攸寧心裡大呼痛快，神清氣爽地上了馬車。

蕭灼看看孟余歡的馬車，再看看已經整裝待發的景濤的馬車，掩下心裡那一點小失落，聳了聳肩，跟在蕭嫵後面也上了車。

車簾放下的同時，坐在馬車內的景潯也收回了從車窗往那邊看去的視線，淺笑著放下了簾子。

在宮裡一上午，蕭灼早就累了，上了馬車後便在平穩的行駛中，靠著車壁睡了過去，直接睡到了侯府門口。

被惜言扶下來時，甚至還有些睏意。

「二姊姊，妹妹實在睏倦，先回院子了。」蕭灼揉了揉眼睛，和蕭嫵打了聲招呼，準備進門回院子繼續睡，一轉身卻見賀明軒不知什麼時候站在了門口。

蕭灼的睏意頓時去了大半。

# 第十三章

賀明軒貌似有些緊張地走到了兩人面前，一雙眼睛先是落在蕭灼身上，滿是驚豔，隨後移到了蕭嫵身上，然後又回到了蕭灼身上，雙手抱拳作揖。「見過表妹、三妹妹。」

這聲故作親熱的三妹妹，讓蕭灼僅剩的一點睏意消失得乾乾淨淨。

蕭灼往後退了一步，微欠了欠身。「賀公子有禮，聽說賀公子是二姊姊外祖家的遠房表兄？」

蕭灼客氣道，刻意加重了「外祖家」三個字，言下之意，關係很遠，我們不熟。

賀明軒一愣，嘴角笑意僵了一下，換了稱呼。「是，沒想到三姑娘還記得我。」

蕭灼客氣笑了笑，語氣充滿深意。「當然記得。」

賀明軒眸子微微一亮，有些驕傲地正要答話，又聽蕭灼淡淡補充道：「聽下人說過幾次。」

賀明軒的驕傲神情再度僵在了那裡。

站在旁邊的蕭嫵原本還想遲些回應觀察一下兩人，見狀恨鐵不成鋼地暗暗瞪了賀明軒一眼，笑著走上前來。

「表哥，你怎麼過來了？」

蕭嫵一來，適時緩解了尷尬的氣氛。

賀明軒壓下心裡的羞惱，轉向蕭嫵答道：「是侯爺叫我來的，不知有什麼事？」

蕭嫵道：「原來是爹爹。上次你救了我，爹爹之前就說過要好好答謝你的，此番定是因為此事了，爹爹這個時候應該在家，咱們快進去吧。」

賀明軒點頭，與蕭嫵一同進了府。

蕭灼自然不想看到賀明軒，一同去給蕭肅請了安，便先回院子了。

與此同時，另一邊的乾王府門口，十幾名丫鬟、侍從早已等在那裡，為首一名管家模樣的男子和一名衣著樸素的婦人，雙雙翹首看著通往宮門方向的路，一臉焦急。

不多時，不遠處終於傳來馬車行駛的聲音，兩人對看一眼，激動得上前迎接。

待馬車穩穩停在了門口，兩人一左一右，同時開口。「世子？」

聲音有些顫抖，還帶著不敢相信的不確定。

沈遇從馭位上下來，伸手打起簾子，景濤的臉從馬車內露出來，眼角帶笑地喊了兩人一聲。

「楊叔、林姨。」

被喊做楊叔的那人先是愣了一下，隨即使勁眨了幾下眼睛，連連「哎」了好幾聲。曾是景濤乳母的林姨更是直接偏過頭去，拿袖子偷偷抹眼淚。

「回來就好，回來就好啊！」楊叔帶著些哽咽道：「老奴就知道，咱們世子受上天眷顧，一定不會有事的，您林姨也是。所以我們將老爺送去江州安置好後就回府守著，等世子您回來，如今總算是等到了。」

景濤眼中多了些暖意，下了馬車，抬頭看著明顯被清理修補過一番的乾王府牌匾，道：「是啊，我也沒想到楊叔和林姨竟然依然在府裡，還好沒有只剩一具空殼子。」

楊叔在景濤還未出生就已經在府裡伺候了，幾乎是看著景濤長大的，聽景濤這語氣，知道他是想起以前那些不好的往事，忙上前指了指門口站著的一群人，道：「不只是老奴和林姨，還有這些婢子、家丁們，大都是之前服侍過世子爺的，都還和以前一樣。」

此時林姨總算止住了眼淚，慈愛地看著景濤道：「是啊，咱們早都等著世子爺回府呢，前幾日聽說世子爺就要回來了，都樂壞了，一大早就在門口等著了。」

被點到名的一群人忙齊齊上前跪下行禮。

「奴才等恭迎世子爺回府。」

景潯粗略掃了一眼，的確都是些熟面孔，笑了一下，臉上的表情更加柔和了些。

「前幾日先回來的那支近衛，可都安頓好了？」

那支近衛是景潯培養出的心腹，因為只有十五人，且之前也曾用來保護過還是皇子的元燁，所以元燁特許其混在乾王府的護衛中，保護景潯。

楊叔點頭。「都在後院安頓好了。」

林姨道：「世子的屋子也都裡裡外外打掃好了，您舟車勞頓，趕緊回院子歇息歇息。」

景潯點點頭，看著林姨笑道：「好久沒吃林姨做的飯了，今晚我想要林姨親自下廚。」

林姨頓時高興得跟什麼似的，連連應聲。「好好好，世子您快去好好睡一覺，林姨這就去準備，保證晚上都是您愛吃的。」

一行人有說有笑，簇擁著景潯進了府。

楊叔原本走在景潯身邊，忽地瞥見外圍有個家丁神色焦急，似乎有話要說，隨即放慢腳步，落到了後面。

「什麼事？」

「回楊管家，是二老……景大人，景大人遞了帖子來，說是要見世子。」

楊叔臉色倏地一變，皺著眉往旁邊啐了一口。「去回了，就說世子身子不適，不見客。之後若是那邊還來請，也一概找理由回絕。」

「是。」家丁領了命，低著頭去了。

楊叔在原地停了一會兒，臉上重新帶上笑意，跟了上去。

照理說，如今景溽已是乾王府的主人，住在主院也是應當，但是景溽卻連看都沒看主院，直接回到他原先住的長亭軒。

長亭軒與乾王府主院隔著一個不大不小的蓮塘，裡頭繞著屋子種了一圈墨竹，還圍了幾個種著小蒼蘭的花圃，環境十分清幽。

如今四年過去了，墨竹已經長得又高又密，圍著小蒼蘭花圃的竹柵欄也已經破舊不堪，花兒從花圃裡長了出來，已經長成很大一片，橙粉黃白的花朵互相交雜，隨著風帶來陣陣花香，沁人心脾。

景溽順著鵝卵石鋪成的小路走了進去，沈遇上前替他推開門，裡面已經收拾得乾淨整潔，一如從前。

將景溽隨身帶的一些東西放到了相應的位置，見景溽進了屋，朝景溽行了一禮，道：「世子您先好好休息，屬下去門外守著了。」

「慢著。」

沈遇準備退出門的腳步一頓，回身道：「世子爺可還有什麼吩咐？」

景潯幾步走到桌邊坐下，半點不像是要休息的意思，淡淡道：「去把十三叫來，我有事吩咐。」

安陽侯府，晚間。

蕭灼剛剛睡醒，蕭肅身邊的人就來通知說讓她去正廳一起用晚飯。

估計賀明軒也在，蕭灼當然不想去，無奈是蕭肅發的話，不去也得去。

糾結再三，蕭灼還是好好整理了一番，帶著惜言和惜墨去了正廳。

今天的主角是搭救了蕭嫵的賀明軒，二夫人如今在府裡管事，也挺受蕭肅看重，蕭嫵的地位自然比之前高一些，所以蕭肅如此正式地答謝賀明軒，也算是給足了賀明軒面子。

蕭灼到的時候，各房的人都來了，連最近說病了的三姨娘都已經到了。

三姨娘江采月是蕭肅一次外出辦事時所救，見其無所依靠才帶了回來，進門不到一年。

江采月是個典型的江南美人，溫婉柔弱，身子骨兒還不大好，所以對不怎麼外向的蕭灼來說，雖然知道有這麼一號人物在，卻也沒見過幾面。不過這個江采月倒是識相得很，雖然是府中如今最得寵的一位，卻並不恃寵而驕，每次見到蕭灼都不落禮數，所以蕭灼對她還算友好。

三姨娘正站在門邊，見蕭灼進來了，便欠身行禮。「三姑娘來了。」

蕭灼點點頭。「三姨娘安。」

二夫人正在和蕭肅說話，見蕭灼來了，熱情地招手道：「灼兒來了，就等妳了，快入座吧。」

蕭灼對著蕭肅屈膝行禮，隨之坐到了蕭肅的左手邊。賀明軒是客，坐在蕭肅的右手邊，與蕭灼面對面，蕭灼往下依次是二夫人、蕭嫵和三姨娘。

隨著蕭肅動了第一下筷子，其他人也紛紛動筷。席間除了蕭肅和賀明軒偶爾閒聊一、兩句以外，無人出聲。

「明軒啊，聽說你之前已中進士，但是還在待事？」蕭肅道。

賀明軒聞言，心中一喜，盡力穩著聲音道：「慚愧、慚愧。」

蕭肅思索了一會兒，道：「我記得吏部侍郎王大人那兒還缺個主事，他與我有些交情，我明日與他說說，舉薦一下，讓你去試試。」

此話一出，不只賀明軒心中大喜，連二夫人臉上也露出喜色。她之前與蕭肅提過此事，蕭肅一直不放在心上，如今誤打誤撞竟是成了。吏部主事雖然不是什麼高職，但也是有品級的，總比在家裡等著要好多了。

賀明軒連忙起身，深深作了個揖。「多謝侯爺，明軒何德何能。」

蕭肅擺擺手。「不必多禮，你救了嫵兒，小小謝禮也是應該的。不過我也只是舉薦，至於以後能不能留下，還是得看你自己。」

言下之意，這事到這兒就算是償清了，後面的就看他自己造化了。

不過這比賀明軒原先的預想好多了，賀明軒謝道：「是，明軒自當竭盡全力。」

「行了，用飯吧。」

賀明軒又行了個禮，才坐了回去，言語舉止間更是奉承。

蕭灼看著賀明軒高興的模樣，再看看蕭肅，瞬間沒了胃口。

蕭灼雖是嫡女，可與蕭肅的父女關係一向是不生疏，卻也不是特別親密。這次欄杆被人動手腳的事，她雖知道沒查出來怪不得蕭肅，可心裡總歸是有些不大舒服。而現在，蕭肅還要感謝參與其中的幕後推手之一，這讓她怎麼能不介意？

可是能怎麼辦呢？她沒有證據，揭穿不了，只能先記在心裡。

蕭灼鬱悶地停下筷子，只希望這頓飯快點結束。

忽地，傳來一聲瓷碗落地的清脆聲響，眾人嚇了一跳，往聲音的來處一看，卻見三姨娘捂著肚子伏在桌上，臉色蒼白，幾欲作嘔。

身邊的丫鬟也亂做了一團，一迭連聲地上前去扶。

眾人嚇了一跳，紛紛起身，圍到了三姨娘身邊。

「這是怎麼了？」蕭肅伸手扶起三姨娘，眼神落到桌上的飯菜上。

「不會是這飯菜有什麼問題吧？」蕭嫵捂著嘴，說出了蕭肅的懷疑。

三姨娘撫著胸口急喘了幾聲，緩過來伸手拉住了蕭肅的胳膊。「不是，是妾身自己，最近總是……不舒服，頭暈想吐，誤了侯爺的事，侯爺莫怪。」

不是飯菜的問題。蕭肅鬆了口氣，道：「誤事倒是次要，妳身子不適，怎的不早和我說？洛兒，還不快去請個大夫來。」

三姨娘身邊的丫鬟忙應聲去了。

蕭肅扶起三姨娘，看著賀明軒，略帶歉意道：「事發突然，今日怕是不能再與明軒暢聊了。」

謝禮已經到手，賀明軒也很識相，見狀拱手道：「姨娘的身子要緊，如今天色也不早了，晚輩先行告辭。」

蕭肅看向站在一邊的蕭嫵，道：「嫵兒，妳送送明軒。」

蕭嫵不知在想什麼，有些出神，聽見蕭肅的話猛地回神，吶吶應道：「是。」

蕭肅先送三姨娘回了院子，二夫人臉色不知為何也變得煞白，若有所思地與蕭灼一起跟在後面。蕭嫵也隨之送賀明軒出府。

路上，賀明軒難掩興奮。

「表妹，此事多虧了妳的主意，雖然與咱們之前說好的不大相同，不過也算陰差陽錯如了願，真是太好了。」賀明軒沾沾自喜道：「之前那事也多虧表妹把痕跡抹了乾淨，如今有了侯爺一句話，我也不必再去三姑娘那兒獻殷勤了。」

「當然不可。」蕭嫵之前一直沒出聲，聽到這兒卻忽地出言打斷，臉上甚至帶了一絲戾氣。

賀明軒嚇了一跳，停住腳步，不解地看著蕭嫵。

意識到自己說話聲音的確大了些，蕭嫵揮退下人，放緩語氣道：「表哥可是糊塗了？你沒聽爹爹的意思，說了這句話後，這事就算過了。你在朝中一沒家世，二沒人脈，能保證進去了就能一直待下來？就算能留下來，有人撐腰一路直上，還是小心翼翼十年一階，你要選哪一個？」

話是這麼說沒錯……賀明軒為難道：「可三姑娘對我似乎半點意思也無，我難道就一直厚著臉皮往上湊？」

蕭嫵嗤了一聲。「我知道表哥是讀書人，有那自尊心，可是自尊心能當飯吃，還是能當銀子使？忍著這口氣把三妹妹追到手，那可是一輩子的榮華富貴，這難道不划算？

再說好感這東西，哪是一來就有的，三妹妹自小足不出戶，見的人少，單純著呢，她又是個愛詩書的，現在不過是與你不熟，你多找機會在她面前展現文采，好感不就有了？況且我這三妹妹那樣出色的容貌，你就不動心？」

賀明軒想到蕭灼那容貌和身段，情不自禁地嚥了嚥口水。

的確，第一次見到蕭灼，賀明軒著實被驚豔了一把。若是能將這樣的絕色美人娶回家，光是帶出去就能長不少臉面，多花些力氣似乎也是應當的。

賀明軒想像了下自己青雲直上，蕭灼對他低眉順眼，言聽計從，以他為天的模樣，整個人都快飄起來。賀明軒朝蕭嫵拱了拱手，道：「還是表妹想得周到，表哥自愧不如。」

蕭嫵笑了笑。「都是一家人，表哥發達了就是鄭家發達了，我與娘親都盼著能沾上表哥的光呢。天色不早了，表哥早些回去，多想想怎樣贏得三妹妹的芳心。」

賀明軒點點頭，面帶笑意的走了。

賀明軒走後，蕭嫵閉了閉眼，臉上笑容驟然消失，想起三姨娘的種種跡象，眼中再次浮起一絲戾氣。

原先她也不想催促賀明軒的，但看方才三姨娘的模樣，還有娘親的表情，只怕是如她所想的最壞的可能。若真有了身子，那可就大事不妙了。

之前娘親主持府中事務，三姨娘存在感又不強，她還沒想到這方面，如今倒是提醒了她。三姨娘正得寵，有孕是遲早的事。二房沒有男丁，仰仗的不過是娘親多年來的苦心經營，若三姨娘悶聲不響生了個男孩，取代她們只怕是遲早的事。

看來，無論如何，她也得盡快增加自己這邊的籌碼了。

# 第十四章

三姨娘的落月閣內，大夫正在裡屋診脈。

蕭肅背著手站在外頭，蕭灼、二夫人和蕭嫵也站成一排，靜靜等待裡面的消息。

蕭灼悄悄抬頭看了旁邊的二夫人和蕭嫵一眼，二夫人方才從正廳一路過來時，臉色就有些不正常，好像在緊張些什麼。

蕭灼雖未出閣，但回想三姨娘方才的模樣，心裡大概能猜到一些。

三姨娘進府這麼長時間了，又十分得寵，這模樣，若不是得了什麼病，八成就是有了身孕。

對此，蕭灼倒沒什麼太大的感覺，不過是多了個弟弟或妹妹的事情。娘親身分尊貴，更何況她還有個遠在軍營裡的親哥哥，三姨娘無家世撐腰，就是真生了個男孩，也動搖不了她和哥哥的地位。不過，對於二夫人來說，可就不是一件小事了。

雖然見自己父親對另一個女子上心、孕育子女，蕭灼心裡也滿是不忿與難過，但看著二夫人和蕭嫵擔憂害怕的模樣，蕭灼心裡又有些隱約的痛快。

很快的，大夫把完了脈，從裡面走了出來。

「怎麼樣？身子可有大礙？」蕭肅上前問道。

大夫捻了捻鬍鬚，笑著拱手行禮，道：「恭喜侯爺，夫人這是有喜了，只是因著是頭胎，身子又有些虛弱，所以反應大了些，待老夫開兩副藥服下即可，並無大礙。」

「有喜了？」

縱使蕭肅平時喜怒不大顯於面上，此時也明顯感覺到他的驚喜，同時，站在旁邊的二夫人和蕭嫵的臉色則瞬間變得煞白。蕭灼心中則滿是複雜。

蕭肅高興地撫掌笑了兩聲，道：「有勞大夫，來人，賞！」

「多謝侯爺。」

大夫低頭謝賞，高興地跟著丫鬟下去寫藥方，蕭肅則直接大踏步走進裡間去看三姨娘，獨留下蕭灼、蕭嫵和二夫人三人站在外面大眼瞪小眼。

蕭灼聽著裡面隱約傳出蕭肅的聲音，並不想進去道喜，於是只站在門外回了一聲，便回去了。

至於二夫人和蕭嫵，兩人勉強回過神之後，縱然心裡恨得咬牙切齒，面上還是笑著進去道了喜，裝模作樣地噓寒問暖了幾句才告辭。

蕭嫵扶著二夫人回到秋水閣，門一關上，裡頭就傳來瓷器碎裂的聲音。

縱然二夫人平日在外頭裝得再平和大度，此時也忍不住了，摔了好幾個茶盞、杯碗，頹然地坐在桌邊。

「沒想到她竟然有孕了，若是讓她得運生下個男孩……」二夫人忽地雙手握緊。「不行，絕不能讓此事發生。」

蕭嫵隱約明白二夫人的意思，走到二夫人身邊，道：「娘親，事到如今，已經容不得咱們再循序漸進了，依女兒看，就算冒險除去三姨娘腹中的孩子，也只是治標不治本，沒了這一個，還有下一個，沒了三姨娘，還有四姨娘、五姨娘。」

二夫人慢慢抬起頭，看著蕭嫵。「嫵兒的意思是……」

蕭嫵道：「除去三姨娘腹中的孩子只是其中之一，娘親可還記得我之前的計劃？娘親娘家有了靠山，這才是咱們最大的保障。只要表哥能奪取三妹妹的芳心，三妹妹可是正房嫡女，只要她非表哥不嫁，爹爹那麼好面子的人，這個嫡女婿自然飛黃騰達。這樣雙管齊下，才最為穩妥。」

二夫人點了點頭。「不愧是我的女兒。不過妳那三妹妹我瞧著最近有些不對勁，似乎聰明了不少。」尤其是上次壽宴上當眾讓她難堪，二夫人至今想起來還恨得牙癢癢的。

蕭嫵微微一笑，眼中閃過一抹陰狠。「先讓表哥盡力一試，大不了就使些手段，來個生米煮成熟飯，畢竟這可是目前最快的法子了。」

的確，如今看來，這的確是最省力的法子。

二夫人心中很快有了盤算，眼中的波瀾也迅速重歸平靜，起身拍了拍蕭嫵的手，欣慰道：「果真是青出於藍而勝於藍，嫵兒，妳沒讓為娘失望。不過話雖如此，還是得小心縝密著來，萬事先與為娘商量，萬不可如上次一般莽撞。」

蕭嫵知道上次的事是她不嚴謹，善後也是自家娘親出的主意。雖然犧牲了身邊的一個親信丫鬟，但好歹打消了爹爹的疑慮，甚至將她推到受害人的位置上，反而贏得了爹爹的安慰。不得不說，自己的手段和主意，還是比不上自家娘親。

蕭嫵撒嬌般地笑了笑。「知道了，娘親放心。」

二夫人慈愛地摸了摸蕭嫵的頭，嘆了口氣。「如今在這府中，娘親相信的只有妳了。」

自從那日晚飯後，一連下了好幾天的雨，如今不論是二夫人那邊還是府裡的下人，大多目光都放在三姨娘的落月閣上，蕭灼這邊倒落得清靜。

在屋裡懶懶的閒了幾天，天氣一晴，蕭灼就收到了趙攸寧和蘇佑安邀她一起去城外鏡湖邊賞景踏青的帖子，在家中悶了這幾天，蕭灼早就想出去玩一玩，自然欣然應允。

時值三月末，正是春意最濃、風景最好的時候，尤其是鏡湖邊。

鏡湖以水面澄澈如鏡而得名，周圍半是矮山樹林，半是田間耕地，兩者交界處還有一片很大的緩坡，鋪滿了青草和不知名的野花。偶然有換上簡便的春衣，踏著晨間薄霧趕集或下地的百姓來往路過，年輕的姑娘、公子們三兩結伴圍繞著湖邊散步，小孩子們你追我趕地在草地上放風箏，湖上富貴人家遊湖的畫舫悠閒地行於其上，種種畫面皆清晰地倒映在水中，構成一幅極其和諧的畫。

蕭灼到的時候，趙攸寧和蘇佑安已經到了，正站在一棵開滿了花的桃樹下說笑，見到蕭灼來了，趙攸寧朝她高興地揮了揮手。

因為是出來踏青，三人都很有默契地換上了露鞋面的輕便裙子，走起來也不用太端著。

蕭灼快步走了過去。

「久等了。」

「沒有，我們也剛到。」蘇佑安神秘一笑，走過來牽著蕭灼的手，道：「走，跟我來，給妳們看一樣東西。」

蘇佑安帶著兩人走到湖邊停著的一艘精緻的小畫舫邊，抬抬下巴。「看。」

蕭灼有些驚奇的看過去，小畫舫是木質的小閣樓樣式，上半部分都是鏤空的雕花窗閣，兩面的窗邊還垂著輕紗幔簾，很是漂亮，又是蕭灼於畫中見過卻沒親眼看過的東西。

自己估計是這大鄴朝最沒見識的侯府小姐了。蕭灼默默在心裡感嘆了一句。

「喲，妳什麼時候買畫舫了？」趙攸寧也有些意外，問道。

「不是我的，是我哥的。」蘇佑安道：「我哥那人不務正業，這些花裡胡哨的東西倒是齊全。我想著既然是來鏡湖踏青，那這湖中風光當然不能錯過，所以就提前把他的畫舫借來了。」說著語氣中還有一些思慮周到的小得意。

趙攸寧毫不吝嗇地豎了豎大拇指。「不錯，挺有先見之明。」

如願得到了誇獎，蘇佑安心滿意足，拍了拍手道：「那還浪費時間做什麼？走，一起上船吧。」

將各自的丫鬟留在岸邊，三人先後上了船，船頭已經有船伕等在那兒了。

蘇佑安朝船伕吩咐了一聲，待三人坐穩，小畫舫便平穩地離岸，朝湖中心駛去。

「怪不得都說來鏡湖春遊，一定得泛舟湖上才算圓滿，這湖中景色果然絕美。」蕭灼看著窗外感嘆道。

隨著畫舫離岸邊越來越遠，岸上的景色也變得越來越小，取而代之的是明淨澄澈、泛著碧波的湖水，倒映著藍天綠樹，恍若連成一線，讓人頓覺心胸寬闊。周圍偶爾有其他的畫舫漂過，傳來清脆的歡笑聲，使人不自覺也跟著笑起來。

行至湖中心，船伕便不再著力，任由其晃晃悠悠的隨風而駛。蘇佑安走到畫舫的入口另一邊，推開鏤空木門，畫舫頓時左右連通，帶著濕潤氣息的風穿堂而過，讓人舒服得發懶。

要說這蘇佑安的兄長蘇佑年也的確是會享受，這小畫舫不僅外面看著好看，裡頭也是桌椅、繡凳一應俱全，兩邊還隱藏著許多暗格，放著各種材料工具，煮酒烹茶樣樣皆可。

此時蘇佑安就從其中幾個暗格裡拿出準備好的點心，將桌子拖到離船頭近一些的地方，朝兩人招了招手。

「過來，邊吃邊吹風邊賞景，舒服著呢。」

趙攸寧從善如流地走了過去，蕭灼緊隨其後，卻沒坐到桌邊，而是趴在船舷邊，將手伸進湖水中，饒有興致地抓住一根碧綠的水草撈出來，仔細觀察。

「阿灼小心點，這可是在湖中。」趙攸寧道。

不過這畫舫雖然看著輕巧，但是底座重且穩，船舷也比普通的高些，並不容易掉下去，但趙攸寧還是出聲提醒了一句。

蕭灼笑著應了，身子往回收了些，手還是在水裡撈來撈去，活像個第一次玩水的孩子。

事實上，蕭灼的確是第一次玩水，並且比小孩子興趣更濃，笑得露出唇邊的小梨渦。

趙攸寧和蘇佑安吃著糕點，看著蕭灼玩得眼睛發亮的模樣，忍不住抿唇偷笑。

正摸水草摸得不亦樂乎時，蕭灼起身直了直腰，忽地看見前面另一艘白蓬船正在慢慢靠近，站在船頭的人，似乎還一直探著頭朝這邊看。

蕭灼瞇了瞇眼，看清了那人的模樣，居然是賀明軒。賀明軒似乎也確定了是她，朝船伕指了指這邊，顯然是想過來打招呼。

蕭灼的好心情霎時被澆滅，簡直想翻白眼。

怎麼到哪兒都有他？

「咦，妳看，那是不是煜世子的畫舫？」

蕭灼正想著怎麼找藉口讓船伕將船開遠一些，就聽趙攸寧在身後疑惑地出聲問道。

蕭灼起身，背對著賀明軒那邊，朝著趙攸寧指的方向看過去。

一艘是她們畫舫兩倍有餘的兩層畫舫正朝湖心這邊駛來，畫舫四面幾乎沒有遮擋，隱約能看見有人坐在裡面。

看那畫舫的精緻程度，主人定非富即貴。

蘇佑安以手遮眼，往那邊看了會兒，道：「好像還真是，而且他對面似乎還有個人。」

那畫舫雖大，速度卻不慢，很快就到了湖心，三人也隨之看清上面對坐的兩個人。

其中一人手拿摺扇輕搖，的確是煜世子；另一人正拿著茶杯淺啜，竟然是潯世子。

趙攸寧和蘇佑安眼睛一亮，正準備對蕭灼開口，卻被蕭灼搶了個先。

「好巧啊，不如上去打個招呼？」

# 第十五章

蕭灼算是三人之中最「清心寡慾」的一個了，趙攸寧和蘇佑安本來都心照不宣地準備拉著她上去的，沒想到蕭灼竟然自己說出了口，一時都有些驚奇。

不過趙攸寧到底細心些，察覺出蕭灼似乎有些不對勁，疑惑地回頭，一眼便看見了正往這邊駛過來的船，以及上面站著的人。

人她不認識，佑安應該也不認識，不過看樣子像是衝著她們來的，那就應該是蕭灼認識，但是不想搭理了。

不管原因是什麼，總之影響是好的。趙攸寧回身，懷著滿滿欣賞美人的心，同蘇佑安一起朝已經駛到近前的畫舫招了招手。

煜世子想必也是早看到了，畫舫緩慢地靠近，行船的船伕對著三人做了個請的手勢，看來還挺給面子。

三人相視笑笑，依次走上元煜的畫舫，從一層側面的木梯上了二層。

別說，煜世子不愧是京中愛玩第一人，連享受都比別人高一個境界，這二層的視野的確比一層的視野還要開闊。

「煜世子、潯世子，真巧啊。」三人欠了欠身，規規矩矩地打招呼。欣賞美人固然是欣賞，但也僅限心裡感嘆一番，該有的禮儀還是一樣不落。

「是啊，真巧，趙小姐，蘇小姐，還有……蕭小姐。」元煜輕搖著摺扇，說到蕭灼時，還似笑非笑地斜覷了景潯一眼，隨後將摺扇一收，道：「看來這一趟果真沒白來，不僅看到好水好景，還碰巧遇見佳人，真是不虛此行啊！」

元煜說話還是那麼風趣中帶著些不著調，與一旁安靜喝茶的景潯形成鮮明的對比。

蕭灼抬眼朝景潯看去，景潯今日穿一身藍色長袍，使得露在外面的膚色更白，修長如玉的指節執起白瓷杯抵於唇邊時，讓蕭灼忽地想起「積石如玉，列松如翠。郎豔獨絕，世無其二」這一古文來。

似乎察覺到她的視線，景潯微微抬眼，在半空中和蕭灼的視線撞了個正著。

蕭灼一愣，忙低下頭若無其事地往後小退了一步。一來一往發生得悄無聲息，並未有人察覺。

此時，賀明軒的船也已經到了近前。

原先因為被蘇佑安的小畫舫擋著一些，賀明軒並未看清元煜他們。因著想與蕭灼攀談心切，又看到蕭灼幾人上了另一艘畫舫，所以急忙趕了上來。

如今到了近前，他又有些後悔了。

沒想到這船上竟然是煜世子，另一位他不認識，但能與煜世子對坐的，肯定也不是簡單人物。

照理說賀明軒平時是無法接觸到這類人物的，更應該上前套套近乎，可他那讀書人的自尊心又讓他覺得拉不下臉來奉承巴結。況且煜世子那樣的人物，自己認識他，人家不一定認識自己啊，若是人家根本不搭理自己，豈不更尷尬？

賀明軒一時不知該進還是該退，尷尬地停在了原處。

正踟躕間，元煜也看到了他。

不愧是朝中最活躍的人，元煜竟認出了他，道：「喲，那不是吏部剛進的賀主事嗎？」

聽到元煜認出他，賀明軒簡直受寵若驚。沒想到煜世子竟然認得他，賀明軒頓時有些沾沾自喜，他就知道，自己才華出眾，被別人注意到不過是遲早的事，忙行了個禮道：「見過煜世子。」

與此同時，景潯手中的茶杯不輕不重地磕在桌上，眼神也落到了賀明軒身上。

賀明軒一抬頭，就被這冰冷的眼神看得腿一軟，差點坐下去，不僅心裡那點小喜悅瞬間沒了，連原本準備說的奉承話也卡在了喉嚨。

這位大人他並不認識，為何會用這種讓人遍生寒意的眼神看他？

不過好在這眼神並未持續多久，只一瞬便又淡淡地收了回去。

賀明軒捏了捏有些出汗的手心，正想委婉搭個話，問問煜世子這人的身分，卻見煜世子早已轉過了頭，吩咐行船的侍從拿了三個矮凳上來給蕭灼幾人。

待三人落坐後，元煜才又朝賀明軒那邊看了一眼，見他還站在那兒，微挑了挑眉，似乎疑惑他怎麼還沒走。

賀明軒的臉頓時跟火燒似的，又羞又怒，還不敢表現出來，慌忙低頭一禮，吩咐船伕掉頭。

蕭灼看著賀明軒狼狽的模樣，深覺自己過來打招呼的決定十分正確。

看來這位煜世子表面上像是和誰都能聊得來，但是對於不熟的人，比她還來得冷漠，只是不直接說而已。

想到此，蕭灼忽地意識到自己與他只是上次順手一扶的交情，似乎也不是很熟，他對自己好像還挺友好的，也許是因為爹爹的緣故？

不過不管怎麼說，元煜趕走了賀明軒，也算是幫了她，蕭灼默默在心裡給元煜道了聲謝。還有上次元煜說的那句受人之託，她一直沒敢去問，或許等下次找到單獨的機會可以問問。

畫舫這邊一時安靜了下來，蕭灼正想起個話頭，湖面上忽地起了一陣不小的風，斜後方的一艘烏篷船因風加速，卻沒有轉舵，速度極快地朝著才走不遠的賀明軒的船撞過去。

趙攸寧也看見這一幕，與蕭灼一樣反射性地站起身就要提醒，可惜已經來不及了，話未出口，那烏篷船就結結實實地撞上了賀明軒的船。

賀明軒的船本來就離得不遠，他又站在船頭，被這一撞，直接身子一歪，摔進了湖中，這還不算，那船的船尾狠狠撞到了蕭灼等人所在的畫舫，引起劇烈的搖晃。

蘇佑安坐著還好些，蕭灼和趙攸寧兩人頓時腳下不穩，搖晃著就要向後倒。

天旋地轉間，蕭灼的後腰被一雙手輕而有力的穩穩扶住，同時鼻尖還隱約傳來一股淡淡的松香氣息。

船身還在搖晃，蕭灼下意識伸手搭住這個扶著她的手臂，好不容易才站穩，一抬頭，看到的就是景潯清逸出塵的臉，正定定地看著她。

恍惚間，蕭灼竟覺得在那黑如深潭的眼中看到一種近乎溫柔的情緒，只是一瞬，便又恢復了平靜。

「小心。」景潯淡淡道。說著，抓住蕭灼的手搭上旁邊的一根柱子，待蕭灼借力站穩後，撤下了扶在蕭灼後腰上的手。

另一邊，趙攸寧也已經被元煜扶穩。

直到元煜和景潯一起下到一層去察看情況，蕭灼還有些發懵。

回想起方才景潯轉瞬即逝的眼神，蕭灼覺得八成是她的錯覺，可是臉還是不由自主的染上了紅暈，還有後腰被他扶過的地方，熱得發燙。

還有景潯方才明明坐得離她很遠，按距離也是煜世子離她近一些，可他卻在她即將往後倒的瞬間扶住了自己，他是怎麼做到那麼迅速的？

不過現在可不是想這些的時候，意識到自己想得有點多，蕭灼伸手狠狠掐了下自己的掌心，甩甩頭讓自己清醒，和趙攸寧、蘇佑安三人緩了一會兒，也跟著下去了。

湖面上此時已經亂成一團。

賀明軒因為猛烈的撞擊摔進了水裡，還好他會水，費了好大的勁兒才從水裡浮起來，卻發現他的船早已順勢漂得老遠，慌忙中只好爬上了元煜的畫舫，而撞過來的烏篷船則被卡在了畫舫船頭，搖晃不止。

元煜正要派隨從上去看看裡面到底是誰，是無心還是故意，就見一位雙手被縛，形容狼狽的姑娘從船艙裡跑出來。

那姑娘看到站在畫舫船頭的人，宛如看到救星。「救命啊！姑娘，公子，救救我……」

話還沒說完，裡頭又追出來兩名壯漢。

「小賤人，還敢跑？」

那兩名壯漢身材魁梧，一臉凶相，上來就要按住那姑娘，那姑娘情急之下，縱身跳入了水中。

元煜朝一旁的侍從使了個眼色，侍從立即領會，跳下去朝那姑娘游了過去。

同時，景潯手腕微動，兩點銀光快狠準地釘在同樣想追下去的那兩個壯漢身上，兩名壯漢發出一聲慘叫，摔回了船裡。

站在一旁的蕭灼、趙攸寧和蘇佑安三人面面相覷，合著她們是撞上了「強搶民女，英雄救美」的戲碼了？

# 第十六章

元煜手下的水性不錯，很快就將姑娘從水裡撈了上來，但是姑娘手被縛住無法借力，還是喝了不少水，被救上來後一直不停地嗆咳。

趙攸寧走上前替她順背，蕭灼進船艙找了半天，才找到了一件男子的外袍，不過此時情況緊急，也顧不得看是誰的，趕緊拿出來給她裹上。

也不知是不是風吹到濕透的衣裳上有些涼，蕭灼將外袍給人裹上時，那姑娘似乎僵硬了一下，才慢慢伸手拉緊。

烏篷船上的壯漢被擊倒後躺在地上哎喲了好一陣，此時終於緩了過來，見他們將人救了上來，開始破口大罵。

「哪裡來的嘍囉，也敢來管我們的閒事？快把那小娘子交出來，否則……」壯漢的後半句話卡在了喉嚨裡，變成了一聲吃痛的叫號。

方才救人的侍從已經跳到了烏篷船上，狠狠擰斷了那壯漢的胳膊。

另一個壯漢未出口的話，也被驚得吞了回去。

這時那姑娘總算緩過勁兒來，許是被那壯漢的話嚇到，瑟縮著抓住了替她披衣的蕭灼的手。

「小姐，救救我……」

蕭灼安撫地點點頭，道：「沒事了，人已經被制住了，妳先別急，先說說到底發生了什麼事？」

姑娘看看已經被制住的壯漢，激動的情緒平復了些，微顫著嗓子說出了事情的原委。

原來這姑娘的名字叫綠妍，老家原住在方州，因為父母皆已離世，所以依父母遺願來京城投奔親戚。她好不容易長途跋涉到了京城，一打聽才知那親戚早就已經不在京城了，也沒人知道去了哪裡。正心灰意冷、走投無路時，卻偏偏被這兩個人販子盯上了，直接在小巷子裡就把人給擄走。

綠妍說著，忍不住啜泣起來。「他們說要把我賣去鄰城的青樓，聽說湖對面的山林裡還有人接應，應該不只我一個人。」

綠妍說完，抬頭祈求地看著他們。

元煜抬抬手，還在烏篷船上的侍從會意，將那兩名壯漢雙雙卸掉胳膊，扔進船艙裡，接過船槳極快地朝岸邊划去，想來是先回去增派人手，好去山林那邊查一查。

三個姑娘互看了一眼，心道這人販子今日可算是徹底翻車了。有這兩位在，就不用她們費心了，於是都選擇了安慰綠妍。

「綠妍姑娘放心，這兩位是穆王府的煜世子和乾王府的潯世子，他們已經派人去山林裡抓人了，以後這些人再也不會出現了。」

「是啊，惡人作惡多端，自有老天來收，這不就讓他撞上我們了，這次肯定將他們一鍋端了。」

「對，沒想到光天化日也能碰到這種事，真是豈有此理……」

這邊幾人或沈默、或交談，完全忘了人群後站在那裡渾身濕淋淋的賀明軒。

賀明軒尷尬地站在那兒，根本插不上話。最後還好賀明軒船上的船伕記得他，將船又划過來，把賀明軒接了上去。從始至終，都沒人發現。

發生這樣的事，眾人也沒了繼續賞景的心思。元煜的侍從回了岸邊，也沒忘了再叫兩個人回來接手船伕的位置，大畫舫帶著小畫舫一前一後往回行駛。

綠妍在眾人的安慰下已經平復下來，安靜地坐在船中。蕭灼這才有空將注意力放到綠妍身上蓋著的藍色外袍上。

當時事出緊急，她沒來得及問，現在仔細一看，外袍上繡的暗銀雲紋，分明與景潯身上的一致，十有八九就是景潯的外袍。

意識到這一點，蕭灼僵硬地愣住了。

若是元煜倒還好，畢竟煜世子對待姑娘還是很溫文爾雅的，道個歉想來不會生氣。但是潯世子和煜世子比起來可就冷淡了不止一點，而且瞧上去不太能容忍別人亂動他的東西。

蕭灼抬眼看向靜坐在桌邊喝茶的景潯，人家剛剛才幫了她，自己卻轉手就拿了他的東西，雖然是有原因的，也的確不大應該。

想著，蕭灼走到景潯身邊，見景潯看著她，蕭灼有些緊張地欠了欠身，語帶歉意。「潯世子，方才事急，拿了你的外衣給綠妍姑娘，實在是抱歉。待回了岸上，我自會將衣服帶回去洗淨，再著人送回府上，你看可好？」

景潯原本只靜靜聽著，似乎並不在意這事，可卻在蕭灼說到後半句時，略挑了挑眉，停了一會兒才道：「如此，就煩勞蕭小姐了。」

聽到回答，蕭灼一愣。

以景潯的身分，一件外袍而已，別說一件，毀了十件也不算什麼。她本意是道歉，後面那句不過是想增加些誠意。她都做好了景潯禮貌說無事，不用了，然後結束對話的準備，沒想到居然來了這麼一句。

她是不是不該說後面那句？

但是說出去的話如潑出去的水，蕭灼確認自己方才沒有聽錯後，面上保持淡笑著應下了。

蕭灼又看了一眼面前坐著的人。這位潯世子的性格還真是讓人捉摸不透，面上看著冷淡，這也是蕭灼周圍見過景潯的人給他的評價，但是有的時候卻又會出其不意地做出讓人覺得與他的性格完全相反的舉動。

比如上次在御花園主動給她帶路時與見太后時完全不同的氣質，還有這次。

或許是天之驕子的性格生來就比較多面？畢竟是百姓仰慕的少年英才，有些與眾不同也是正常的。

蕭灼深以為然地點點頭，趁著這位天之驕子沒有繼續開口，趕緊快步走回趙攸寧和蘇佑安身邊。

景潯不動聲色，卻將蕭灼的小動作收入眼中，看著蕭灼先是眼珠直轉，皺著眉頭不知在想什麼，隨後想通了似的點點頭，快步走了回去，微瞇了瞇眼。

直覺是關於他的，而且肯定不是什麼好事。

畫舫漸漸靠岸，景潯和元煜先下了船，蕭灼、趙攸寧和蘇佑安帶著綠妍跟隨其後。

景潯和元煜的侍從都等在岸邊，見兩人下來了，方才先回來的那名侍從走到元煜身邊，垂首道：「稟世子，已經派人往對面山林搜捕了，今日應該就會有結果。」

元煜點點頭。「天子腳下竟發生這樣的事，絕不可草率了事，須得問出幕後同黨，一併處理乾淨。」

侍從應是，轉身下去吩咐了。

元煜和景潯轉身，看著後面的幾位姑娘。

蕭灼幾人的丫鬟原本站得有點遠，此時也紛紛走了過來。她們在岸上沒有看清到底發生了什麼事，只是驚訝於三位小姐竟然會從元煜和景潯的畫舫上下來，而且還多了個渾身濕透的姑娘。

兩人走近，元煜道：「剩下的事情我會處理，至於這位綠妍姑娘……」

似乎是因為蕭灼給她拿了衣裳，而且一直離她最近，綠妍對蕭灼的依賴感最深，之前說話時下意識地就拉住了蕭灼，此時也是緊跟在蕭灼身邊。

她此時已經完全冷靜了下來，也意識到她這次真的是遇上了非同尋常的貴人。聽到元煜的話，綠妍「撲通」一聲就跪了下來。

「各位恩人，綠妍如今無父無母，無家可歸，就算回老家也是無依無靠，況且還不知道能不能平安回去。若各位恩人不嫌棄，綠妍願意為奴為婢，報答恩人的救命之恩。」

這……

幾人互相看了看，若她所言非虛，那她一個人在外面孤苦伶仃，的確不安全。

蕭灼若有所思，其實她的院子裡丫鬟不少，但除了惜言和惜墨，在娘親去世的這一年內，已經被二夫人換過好幾次了，因為她以前還未察覺二夫人的心思，加上那些丫鬟平日不怎麼近身，也就沒怎麼管。

如今情況大有不同，她正想著把院裡的丫鬟都換一遍。

若這綠妍真如她所言孤身一人，又是府外的人，那就安全多了。

蕭灼看著綠妍，綠妍也察覺到她的目光，抬起頭來眼淚汪汪的看著她。

「好吧。」蕭灼率先開口道：「那妳就隨我進府到我院子裡吧，不過府裡規矩多，若是妳不小心犯了錯，那我就保不了妳了。」

綠妍眼睛一亮，驚喜地磕了個頭。「多謝小姐，奴婢以後一定好好服侍您。」

一旁的趙攸寧拉了拉蕭灼的胳膊，耳語道：「妳真的決定要收留她？」

蕭灼點頭。「嗯，沒關係的，我看她的遭遇也怪可憐的，我正缺丫鬟呢。」

趙攸寧道：「不過還是再派人調查一下為好。」

蕭灼笑道：「知道了，放心。」

幾人的注意力都放在綠妍身上，沒注意到站在蕭灼身後的惜墨在聽到蕭灼的話之後，緊緊咬住了下唇。

惜墨低下頭，交疊在一起的手緊了緊，忽地感覺到被人盯著的寒意。一抬頭，竟與對面站著的景潯的目光撞了個正著。

那目光太過寒冷，像是能看透她在想什麼一般，直直從她眼中穿透。惜墨忙心虛地低下頭，努力裝作若無其事地和一旁的惜言搭話。過了一會兒，那讓人生寒的感覺才消失。

既然事情安排得差不多，時間也已經不早，眾人便互相道了別，上了各自的馬車。蕭灼將綠妍帶到自己的馬車邊，從車上拿了一件自己的外袍先給她披上，換下她身上那件景潯的衣裳。

綠妍倒是很快就適應了身分，在蕭灼答應收她入府時，就不再與蕭灼並肩而行，而是恭敬地退後幾步，跟在蕭灼身後。

接過蕭灼手裡的衣裳，綠妍還行了個生澀的禮。

對此，蕭灼十分滿意。雖是因她入府，但侯府畢竟不是個普通地方，還是得守規矩，才不容易讓人抓住把柄。

從綠妍手中接過已經濕了一大半還沾了些灰塵的外袍，蕭灼看了背對著她的景潯一眼，認命地將衣服摺了起來，一起帶上馬車。

回到府中，蕭灼先讓惜言和惜墨帶綠妍去換了身衣服，收拾好住的地方，安頓得差不多後，便準備帶人去跟蕭肅報備一聲。

雖然身為安陽侯府嫡女，蕭灼做主留個人下來只是小事一樁，但是表面的規矩還是得走一遭。

沒想到沒等她出門，蕭肅倒是先過來了。

蕭灼有些驚訝，起身行禮。「灼兒給爹爹請安，女兒正要去找爹爹呢，爹爹怎麼這個時候過來了？」

以往這個時候，蕭肅應該在書房才是。而且如今三姨娘有孕，蕭肅有時間也都在落月閣，怎會突然過來？

蕭肅抬手讓蕭灼起身，道：「許久沒有過來了，爹爹來瞧瞧妳。」

以前每隔一段時間，蕭肅也會過來看看她，蕭灼不疑有他，扶著蕭肅坐下，吩咐惜言沏了茶過來。

蕭肅拿起茶盞喝了一口，道：「灼兒方才說有事要和為父說，是什麼事？」

蕭灼道：「今日女兒和趙小姐、蘇小姐出去踏青時，偶然救了個被拐的姑娘，那姑娘孤苦伶仃的，女兒看著挺有眼緣，就想留下來服侍，所以想著和爹爹說一聲。」

「原來是這事。」蕭肅道：「妳想留就留吧，不過記得和程管家說一聲，查清底細才安心。」

「是，女兒明白，爹爹放心。」

「嗯。」蕭肅說完，又端起茶杯喝了一口，笑道：「妳說的趙小姐、蘇小姐可是趙太史和蘇御史家的女兒？灼兒如今可是交到新朋友了？」

蕭灼見蕭肅笑容溫和，只是順便一問，不太像是刻意，遂點了點頭。「是的，趙小姐和蘇小姐人很好，與女兒很合得來。」

蕭肅點點頭。「那就好，妳以前沒出過門，如今是得多跟各家的女孩們多多接觸。為父聽說，今日煜世子與潯世子也去了鏡湖，灼兒可有碰上？」說到後面一句時，蕭肅抬頭看著蕭灼，嘴角的笑意淡了些。

蕭灼心裡咯噔一下，之前那句像是隨口一問，後面這句可就不像了。可是爹爹又沒去，怎麼會知道？就算是無意間聽下人說的，也不至於特意來問她。

蕭灼心念急轉，忽地想到被自己帶回來的那件景潯的外袍。

蕭灼心念微動，面帶懊悔道：「說到這事女兒還有些懊惱，我與佑安和攸寧剛去不久，就碰到煜世子和潯世子，當時救綠妍的時候，也多虧了兩位世子幫忙。只是女兒莽撞，混亂中弄髒了潯世子的衣服，幸好潯世子大度，不與女兒計較，只讓女兒洗淨了還他即可。」說著，蕭灼有些羞愧得紅了臉，同時在心裡暗罵了景潯一句，讓他不走尋常路。

聽完了蕭灼的話，蕭肅頓了頓，隨即重新揚起嘴角，道：「無甚大事，潯世子為人隨和，他說不計較便不會放在心上。不過女兒家拿著男子的衣袍總歸不好，灼兒儘早著人送回去才好。」

蕭灼福了福身。「是，女兒知道。」

兩人又隨便閒聊了幾句，末了，蕭肅囑咐蕭灼好好休息，便起身去了三姨娘的院子。

送蕭肅出去後，蕭灼的臉色就沈了下來。

她當然知道自己院子裡無故出現男子衣袍不好，可她是有正當理由的，且方才一路過來，除了她和三個丫鬟，並沒有其他人，那爹爹是怎麼知道的呢？還特意過來問她，可見爹爹聽到的肯定不是什麼正經話。

仔細想想，其實這種情況也不是一次、兩次了。以往她不管犯了什麼或大或小的錯誤，即使刻意掩蓋，蕭嫵和爹爹也總是會知道，而蕭嫵往往都會幫她說話甚至共同受罰，她那麼信任蕭嫵，很大一部分也是因為這個。現在看來她猜得果然沒錯，自己的院子裡果然有眼線，而蕭嫵也知道自己如今和她關係不復從前，開始暗地抹黑她了。

蕭灼看著院子裡正帶著綠妍熟悉環境的惜言和惜墨，眼神最終緩緩定在了惜墨的身上。

# 第十七章

夜裡，蕭灼躺在床上，回想著白天的事，越想越無法入眠。

今日這事，除了惜言、惜墨之外並無他人知曉。至於綠妍，蕭灼不認為蕭嫵有這麼大本事，花這麼多工夫去安排，而且若不是剛好有煜世子和潯世子在場，她也無法救下綠妍，這種可能微乎其微。

還有賀明軒，蕭灼可沒忘記蕭嫵一開始的目的就是想自導自演撮合她與賀明軒，個中緣由她想了許久，大概也能猜出一些，無非是為了二夫人娘家。看蕭嫵似乎並未放棄這個念頭，那麼今日賀明軒也在鏡湖，或許也不是巧合了。

難道惜言和惜墨兩人中，真的有人這麼早就生了異心了？

雖然有那個預言般的夢境，但蕭灼還是不願意將其鎖定是惜墨，她們兩個都陪了她這麼長時間，無論是誰，蕭灼都不願意相信，但是背叛她的人，她也絕不會姑息。

或許，她該想個法子試一試才是。

翌日，又是個晴朗的好天氣。

蕭灼坐在窗邊，一邊曬太陽，一邊看著一本古詩書，聽著外面幾個丫鬟說說笑笑，嘴角也微微揚起。

讀完一卷，蕭灼放下書，準備喝口茶再繼續看，端起茶杯時卻發現裡頭不知何時已經空了。

外面的幾個丫鬟雖然是在澆花，但也時刻注意著蕭灼這邊的情況，沒等蕭灼喊人，綠妍就已經小跑過來，麻利地將茶壺拿下去添茶。

經過一天一夜，綠妍已經同院子裡的人都認識了，很快適應了新的環境。

昨天因為她受了驚嚇，又落了水，形容狼狽，始終低著頭小心翼翼，蕭灼都沒怎麼仔細瞧她。如今收拾乾淨了，倒是個模樣十分清秀的丫鬟。年齡跟惜言、惜墨差不多大，性子也活潑得很，是個愛笑的姑娘。

沒過一會兒，綠妍就將泡好的茶拿了過來，給蕭灼倒了一杯。

蕭灼看著綠妍行了個略顯生澀的禮，拿過茶盞撇了撇浮沫，道：「昨夜睡得可好，可還習慣？」

綠妍道：「謝姑娘關懷，奴婢睡得很好，自從上京尋親以來，奴婢已經許久沒有睡過一個安穩覺了。」說到後面甚至有些哽咽。

蕭灼點頭。「那便好，惜言和惜墨應該把這院子裡的規矩和人都介紹給妳了，有什麼不懂的就問她們，若是有誰見妳是新來的欺負妳，一定得與我說，知道嗎？」

綠妍連忙搖頭。「院裡的姊姊們都很好相處，奴婢偶爾粗心都會細心指正，尤其惜言、惜墨兩位姊姊，昨日晚上，惜墨姊姊還怕我白日落了水，晚上一個人睡東耳房會不適應，特意將她西耳房的床位讓給我，讓惜言姊姊陪我睡，惜言姊姊還安慰了奴婢好一會兒呢。」

蕭灼喝茶的動作微微一頓，輕輕抿了一口，放下茶盞，難得嚴肅道：「嗯，如此甚好。我這個人隨意慣了，但只有一條，便是親疏分明，只要妳盡心服侍，絕無二心，那這裡便是妳的家，我以後也定會護著妳。但是這信任只有一次，可千萬別丟了才是。」

綠妍鄭重地跪下磕了個頭。「是，奴婢謹記在心。」

蕭灼鬆了口氣，臉上又恢復了原先的軟和。

以往敲打下人這種事都是娘親或宋嬤嬤來做，她還是第一次這麼正經地給自己的下人立規矩。不過還好，效果應該不錯。

將人從地上扶了起來，蕭灼看著綠妍還有些緊張的表情，笑道：「行了，話記在心裡即可，不用這麼緊張，正好今天沒什麼事，陪我去花園逛逛。」

綠妍這才放鬆下來，歡快地應了。

蕭灼順便叫上惜言和惜墨，三人一起去了侯府的後花園。

後花園的杏花和白茶開得正好，濃淡相宜，香氣馥郁。

蕭灼沿著小徑散步，忽地聽到前面隱約傳來細細的人聲，聲音逐漸靠近，從白茶樹後面顯出身形。

蕭灼看清了是誰，帶著笑意走上前道：「三姨娘。」

來人正是如今已經有孕在身的三姨娘江采月。

三姨娘見是蕭灼，臉上也帶上了溫婉的笑意，扶著腰微欠了欠身。

蕭灼忙上去將人扶了起來。「姨娘如今有孕在身，這些虛禮實在不用再守，還是自己的身子最重要。」

三姨娘笑了笑，道：「禮不可廢，況且當日我進府，多虧大夫人對我多番照拂，人還是不能忘恩才是。」

蕭灼聞言，之前因為她懷孕產生的膈應去了大半。

其實江采月也是個可憐人，無依無靠的，這幾年能在府中安身，一部分是蕭肅的寵愛，更多的是自己的謙恭守禮和小心低調。

如今有了身孕，就是想低調也低調不起來了。

蕭灼走上前，虛扶住了三姨娘的胳膊。「今日天氣甚好，姨娘可也是出來散步的？不如與灼兒同行？」

三姨娘笑道：「那敢情好，只怕三姑娘沒時間呢。」

蕭灼乖巧地笑了笑，兩人一同往杏花林那邊走去。

不遠處的假山後，同樣趁著天氣好出來活動筋骨的二夫人和蕭嫵兩人，遠遠看著並肩而行的二人背影，臉色都有些不大好看。

蕭嫵對著蕭灼的背影啐了一口。「三妹妹最近精明得很，估計是知道三姨娘如今風頭正盛，所以湊上去博得爹爹好感罷了。」

「奇怪，三丫頭怎麼突然和江采月走得這麼近了？」二夫人喃喃道。

二夫人看著蕭嫵帶著戾氣的眼睛。「嫵兒，娘總覺得妳最近的情緒似乎太過外露了，目前局勢對我們不利，面上更得沈得住氣才是。」

蕭嫵聞言微頓，眨眨眼，重新恢復乖巧無害的眼神。「我知道的，娘親，這不是在您面前，也替咱們著急嗎？」

二夫人道：「著急無用，事還是得穩著來才行。對了，這幾日明軒那邊進展如何了？」

不提這個還好，一提蕭嫵心裡就來氣。何止是毫無進展，甚至情況還更壞。這兩次要麼是蕭灼對賀明軒不理不睬，要麼就是有其他人插手，賀明軒不但沒有如她預料般展現才華，吸引到蕭灼，反而醜態畢現。

而且不僅是賀明軒，現在蕭灼對她都已經不如往日親近了。

這也是蕭嫵這幾天氣怒的原因。明明這個蠢妹妹從小到大一直被她牽著鼻子走，視她為親近的好姊姊，而且以前還有大夫人在中間。如今大夫人沒了，原以為她牽制起這個妹妹會更輕鬆，沒想到竟完全相反。

原先的得意自信全被打破，叫她怎麼能不生氣？

蕭嫵深吸了口氣，壓下心裡的挫敗感，道：「目前進展還不大，不過三妹妹那邊我一直盯著呢，只要三妹妹外出，便多製造幾次偶遇機會。而且女兒還另外做了其他的安排。」

二夫人有些不放心。「什麼安排？」

蕭嫵傾身過去，在二夫人耳邊耳語了一陣。

末了，二夫人點了點頭。「尚且可行，不過還是謹慎為妙。」

蕭嫵點頭。「娘親放心。」

「行了。」二夫人揉了揉眉心。「我乏了，回去吧。」

蕭嫵扶住二夫人的胳膊，轉身時，恨恨地往蕭灼那邊看了一眼。

她就不信，被她拿捏了這麼久的人會突然失控。這次若再無作用，她寧願放棄這條路將人毀了，也絕不允許蕭灼騎到她頭上來。

如她所願，沒過兩天，蕭嫵就再次得到了蕭灼外出的消息，而且巧的是，蕭肅這兩天剛好去荊州辦事，不在府中。

馬車內，蕭灼隨著馬車的微微顛簸，靠在車壁上出了一會兒神，估算著走一段路了，才直起身掀開車簾，朝外面道：「惜墨，我忽然想起來，如今臨近月底，上次在靈華寺供奉的長明燈也該續一續了，妳跟車伕說一聲，咱們先去靈華寺一趟，回來再去秋爽齋。」

吩咐完，蕭灼看著惜墨得令轉身的背影，輕揉了揉額頭，放下簾子。

因為不是第一次出門，蕭灼這次並未帶許多人，除了惜墨，就只帶了兩個車伕。命人將馬車停在了半山腰，蕭灼帶著惜墨，沿著小路走上了靈華寺。

因是早晨，寺中比起上次還要清靜一些。蕭灼沒看到上次那位師父，於是隨便攔了一位小師父，雙手合十道：「這位師父，我是貴寺遠靈大師的故交，煩勞問一下遠靈大師如今可在寺中？」

小師父微微訝異了一瞬，道：「這位施主怕是要失望了，遠靈師祖已於三日前外出雲遊了。」

蕭灼一愣。又雲遊了？不過想想也是，以前就常聽說遠靈大師行蹤不定。

蕭灼有些失落，道：「我知道了，多謝小師父。」

小師父合十一禮，繼續去忙自己的事了。

不過蕭灼的最終目的不是非要見到遠靈大師，既然不在，便循著上次的記憶，轉身去了大殿。

剛走到殿外，就看到一個熟悉的修長身影正抬腳從殿裡出來，身上還穿著那件她無比熟悉的外袍。

蕭灼吃了一驚。「潯世子？」

# 第十八章

景潯正在跟身邊一位年長的僧人說話，看見蕭灼眼中卻似並沒有多少驚訝。旁邊的僧人不知低聲說了一句什麼，笑著雙手合十朝二人微微一禮，轉身去了偏殿。

蕭灼目送那僧人離去，眼神回到景潯身上，微福了福身。「這麼巧，潯世子也來上香？」

這人看著一臉雲淡風輕的模樣，可不像是私下裡經常來寺廟的人。

景潯兩步走下臺階，聲音和煦道：「閒來無事，便來求個清靜。」

隨著景潯的走近，蕭灼的目光再次不由自主地落到他的衣服上。

方才離得遠，她還以為是自己看錯了，或許只是顏色、樣式相近的一件衣服，現在湊近看，她才確定這真的是同一件。

因為左邊袖子下那一道明顯的褶縐，就是她自己的傑作。

誠然，侯府裡有專門的洗衣房，裡頭的下人平時負責全府中人衣物的清洗。

蕭灼原本想直接將衣服一併送去，可是一來那天蕭肅說了那話後，也提醒了她。而且洗衣房的下人們最是八卦，看到她的院子送來的衣服裡有男子衣物，可不會管什麼原因，一傳十、十傳百，指不定會被傳成什麼不好的話。二來景溽的身分在那兒，要是給洗壞了，那可就完了。

蕭灼思來想去，反正這衣服上也只是沾了一些灰，索性自己打了水搓了一通。

可惜她只考慮到別人失手的可能，卻沒有考慮到自己從小到大十指不沾陽春水，又怎麼會洗衣服這種高難度的事？

一番下來，衣裳上的灰塵是沒了，可是褶縐卻怎麼也抹不平了。唯一慶幸的是大多在袖子裡側，不易發現。

蕭灼硬著頭皮將衣裳給人送了回去，心裡其實覺得並不太會被發現。畢竟勛貴人家一件衣服只穿一次的大有人在，景溽一看就是個講究的。當時順著她的話接下去，蕭灼後來覺得應該是心裡不大高興又不好表現，所以隨口一說，就算她還回去也不會再穿了。

這麼想著，蕭灼心裡才鬆了口氣，萬萬沒想到，竟然翻車得這麼快。

蕭灼盯著那一小處翻出來的褶縐，差點從臉紅到脖子根。不用說，發現是肯定的事了。

蕭灼盯著景溽的衣服盯得太過專注，景溽也順著蕭灼的眼神移回自己身上，眼底眸光微動。

「怎麼了？」景濤出聲道，尾音還夾雜著一絲不易察覺的微揚。

這聲疑問將蕭灼的思緒猛地拉回，自然也沒有注意到景濤語氣裡的那一絲輕快，而是後知後覺自己又如第一次那樣，直直盯著人看個不停，羞得簡直想找個地洞鑽進去。

怎麼每次只有她和景濤兩個人的時候，她都會失態，真是丟死人了。

蕭灼乾笑兩聲，隨即端正態度。「無事，只是這衣服，下人毛手毛腳的，怕是洗得不如世子府上俐落。」既然已經被發現，還是得主動道歉賠禮才好。

卻沒想到景濤低下頭看了一眼，輕飄飄說了句。「無事，挺好的。」

蕭灼一愣。他認真的？莫不是反話吧？

蕭灼微微抬眼看著景濤，見他神情的確不像是在反諷，勉強鬆了口氣。行吧，難為他不計較了。

其實仔細想來，從第一次見，景濤給自己帶路，再到畫舫上在她快摔倒時扶她，人家都是在幫她。反倒是自己，許是景濤在人多的時候總是神情冷淡，且自己在他面前總是出糗的緣故，才讓她覺得景濤很難接近。

其實這位世子，應該挺好相處的。

想通了這一點，蕭灼心裡舒坦了不少，再看景濤身上的這件衣服，神情也就沒那麼尷尬。同時一想到這是自己洗的，反而有一種她說不出來的異樣感覺。

蕭灼及時打住自己的胡思亂想，還是決定快些將這事揭過，禮貌道：「潯世子不介意就好，那就不耽誤潯世子的時間了，我先進去了。」

景潯點了點頭，嘴角微微勾起，與蕭灼擦肩而過，下了臺階。背過身後，景潯另一隻手輕捻了捻衣服上的褶縐，唇邊笑意輕淺。

待景潯走出幾步後，蕭灼舒了口氣，抬腳進了大殿。

靈華殿裡的師父恰好就是她上次來供奉長明燈時接待的那位小師父。既然是熟人，也就不用鋪陳太多，小師父聽蕭灼是來給長明燈添油的，動作很是嫻熟地為蕭灼記名續上。

續好後，蕭灼燃了三炷香，恭恭敬敬地在佛前拜了三拜。

因著存了些其他的心思，蕭灼刻意多逗留了一會兒，與小師父閒談幾句，又求了個平安符，才起身出了殿門。

外面日頭已經挺高了，蕭灼抬手擋了下陽光，正要叫惜墨撐把傘遮一遮，卻意外在不遠處的樹蔭下看到一個原本應該早就離開了的身影。

樹下站著的男子，眉目如畫，身材修長，正是景潯。

蕭灼眨了眨眼，確認自己沒有看錯，頓時吃了一驚。

潯世子？他不是早就走了嗎？

難不成……是在等她？

蕭灼將信將疑地走近，看到景溽一手背在身後，眼睛看著那樹上的紋理，似乎正在饒有興趣的研究。而惜墨則站在距離景溽五步外的地方，默不作聲地垂首立著。

如果蕭灼仔細些就能發現，惜墨的頭垂得比平時更低，交握放在身前的手甚至還有些微微顫抖。

只可惜蕭灼此時滿心疑問都在景溽身上，沒注意到這些細節。

聽到身後傳來的腳步聲，景溽轉過身來。

「溽世子，你不是……走了嗎？」蕭灼疑惑道。

景溽伸手輕撣了撣衣服，一臉平靜道：「一個人下山未免無聊，既然遇上了，不如同行為伴如何？」

蕭灼愣住了。

還真是在等她？

蕭灼的心忽地快速跳動了兩下，又有一種在宮中御花園時，景溽主動說要給她帶路的那種驚訝和慌亂感，一時差點以為自己聽錯了。

見她許久沒有回答，景溽也微微偏頭，詢問地看著蕭灼。

蕭灼收回思緒，低頭輕咳了一聲。「如此甚好，只是難為溽世子久等了。」

雖然不知道這位潯世子到底怎麼想的，不過有人同行有利無害，她也樂得如此。

上下靈華寺一共有兩條路，一條是上次蕭灼和惜言走的大路，以石階為主，寬敞一些，也是許多人會走的路。不過蕭灼這次特意走了另一條林間小徑，路不寬，但是勝在平緩且涼爽。

這條路平時走的人不多，蕭灼也是從趙攸寧那兒知道的。

出了寺廟，蕭灼直接從原來的小路返回，景潯見狀也沒問，直接跟著走了這條路。此時還未到午時，走在林間小徑上並無一絲熱意。陽光透過繁茂的枝葉在地上灑下斑駁的光影，隨著風吹動樹葉而不斷交錯變換，伴隨著細密的沙沙聲，更顯出這條林間小徑的靜謐。

蕭灼並肩走在景潯身側，時不時看一眼身邊目視前方、步伐平穩的人，又落入了上次景潯給她帶路時一樣的境地。

明明是潯世子說一個人走無聊，想要相伴同行，可是同行了，這人又偏偏不說話。

蕭灼倒是想閒聊幾句，可又不知如何開口，問他來寺廟是為誰祈福，又怕觸及私密，著實納悶得很。

還好沒有多久，就有人自動提供了樂子。

賀明軒帶著一個小廝從小徑的另一頭走了過來，看到蕭灼，臉上立刻堆上笑容。

「三姑娘，真是無巧不成……」一句招呼還沒打完，賀明軒就看到站在蕭灼身邊的景潯，剩下的話再次卡在了喉嚨。

卡了好半晌，才吶吶地又補了句。「潯世子也在啊，真巧。」

蕭灼看著賀明軒一副進退兩難的樣子，心下了然，轉頭看了站在她身後的惜墨一眼，惜墨此時早已臉色慘白，被她一看，頓時將頭深深地埋了下去。

蕭灼忍住心中的怒意，面上帶笑地福了福身。「原來是賀公子，賀公子今日也是來靈華寺上香的？」

賀明軒明顯腦子還懵著，聽蕭灼問話，條件反射地答道：「不是，我是來賞景的……」話音未落，卻又忽然想起什麼似的，快速轉了口。「這林中之景的確靜美，不過賞了這半日也已足矣，如此便不打擾三姑娘和潯世子了，在下先行告辭。」

說完，就像有什麼人追他似的轉身要走。

蕭灼覺出不對，出聲叫住。「賀表哥，既然都遇上了，不如一同下山？」

賀明軒的腳都抬起來了，又硬生生地被這一聲帶著略微親近之意的「賀表哥」給逼停了下來。

同時，蕭灼光顧著看賀明軒的反應，並未察覺到自己這一句「賀表哥」一出口，身旁的男人頓時臉色微變，極輕地「嘖」了一聲。

賀明軒緩慢轉過身，似乎有些不敢相信，嘴角露出一個受寵若驚的笑容，但只一瞬又迅速壓下了。

「多謝三姑娘之邀，只是我今日忽然想起家中有急事，還是先行一步。」賀明軒語速極快，回身時似乎還抹了把頭上的汗。

蕭灼看著他像是逃命的模樣，直覺肯定還有什麼其他安排，如今正急於阻止。

蕭灼剛想出聲阻攔，這「後手」便自己跳了出來。

鬱鬱蔥蔥的林間灌木裡，忽地鑽出五個身形粗獷的壯漢擋在他們身前，為首的一個面相粗鄙，臉上還有一道從左邊眉毛劃過鼻梁直到右邊臉側的長疤，看著很是凶神惡煞。

壯漢手上提著一把長刀，上前一步，先是飛快地看了一眼最前面的賀明軒，隨後瞇著眼睛從後面的幾人身上掃過，看到景濤時似乎還停了一下，隨後不屑地一昂首。「兄弟們，看來今天運氣不錯，都是有錢的主兒，咱們先把這幾人的錢袋奪下來，再搶了那小娘子，定能大賺一筆！」

後面的幾個人都配合地大笑起來。

蕭灼大致猜出，這估計和上次差不多，是個讓賀明軒英雄救美的「後手」了。

幾人的身材都十分魁梧，若是以前或是只有蕭灼和賀明軒兩人在的話，即使知道八成是假的，也難免會有些心裡發怵。

而現在，蕭灼偏頭看看身邊微微皺眉看著那幾個人的景濤，忽然十分慶幸自己答應和他同行。

景濤的身手，她上次在船上就見識過了，蕭灼忽然有些替那些匪徒感到抱歉了。

果不其然，那些人拿著刀，步子還沒邁開，景濤已經迅速從地上撿起幾顆小石子，出手如電地擊中後面四人的膝蓋。

四人應聲而倒，隨後景濤幾步上前，手腕一動，奪過為首那人的刀，反手架到了那人的脖子上。

不過片刻之間，局勢逆轉。

壯漢頭子還沒反應過來，脖子上已經被開了道口子，頓時意識到自己是踢到鐵板了，嚇得腿一軟，跪在了地上，聲音都打著顫。

「大俠……大俠饒命……小的是受人指使……無心冒犯，您高抬貴手……」

一旁的賀明軒原是怕這些人會誤傷景濤，那可不是他一個吏部主事能擔待得起的，沒想到這些人不但沒誤傷，反而被輕鬆制住，還因為害怕直接將事實抖了出來，頓時腦子轟隆一聲，徹底虛脫，癱在了地上。

蕭灼冷冷看了癱倒在地的賀明軒一眼，正準備走過去詢問幕後主使，原先靜謐的樹林裡忽然傳來細微的破空之聲。

幾支長箭帶著凜冽的殺意，直朝幾人的面門而來。

景潯的表情罕見的出現了一絲裂縫，眼中明顯多了驚懼與慌亂。

「妙妙！」

# 第十九章

變故發生得太快，蕭灼還沒來得及反應，景潯已經迅速偏頭躲過朝自己而來的箭，隨後飛快從自己腰間拽下一樣東西擲了過去。

清脆的「噹」一聲，那東西與箭尖相觸，穩穩地將箭擊落下來。

蕭灼站在原地，腦子還有些發懵，被迅速過來的景潯一把拉住轉到了樹後面，才反應過來發生了什麼事，驚魂未定地開口。「這……」

景潯眼含殺意。「妳先在這兒躲著，別出來。」

說罷拿起一旁掉落的羽箭，足尖輕點，朝著箭射來的方向追了出去。

沒一會兒，便有另一個護衛模樣的人帶著一小隊人馬跑了過來，應該是聽到動靜尋來的。

蕭灼見過為首的護衛，似乎是景潯身邊的隨從沈遇。

沈遇看了看四周，眉頭緊皺，留下幾個人保護蕭灼等人，自己帶著剩下的人也追了上去。

見這邊終於安全了，惜墨才從一片矮灌木叢後挪了出來。方才她被蕭灼的眼神嚇得退了好幾步，離得較遠，僥倖沒有被波及，箭射過來時嚇得躲進了樹叢後，所以並沒受傷。

相比之下賀明軒就有些慘，因為角度問題，景潯偏頭躲過的那支箭剛好射進賀明軒的右肩，此時已經疼暈了過去，跟著他的那個小廝正嚇得直哭。

蕭灼坐在原地緩了一會兒，平復著頻率極快的心跳聲，慢慢扶著樹幹站了起來。

「姑娘……」惜墨走過來，低著頭想要去扶她，蕭灼看都沒看她一眼，自己走了出去。

「這位大哥。」蕭灼看著沈遇留下來的其中一個護衛，指指躺在地上的賀明軒。「人命關天，煩勞這位大哥先把賀公子送下山救治。」

那護衛也不推辭，微一拱手，和那小廝一起扶著賀明軒先下山去了。

蕭灼擔憂地看向景潯追去的方向，眼神掃過方才那箭射來時自己站的地方，驀地停住。

那支被景潯擊落的箭就掉在她身前一步開外的地方，可想而知當時情況的凶險。而與那箭一起躺在地上的，還有幾片白色的玉質碎片。

蕭灼走近，蹲下身將白色碎片撿到手中拼起來，勉強能看出是一塊雲紋漢白玉珮，觸手溫潤，做工精緻，想必是當時景潯手中沒有武器，才臨時拿這塊玉珮擋險。

還有……方才他喊自己的那一聲妙妙。

妙妙是她小時候娘親給她取的小名，只有最親近的幾個人知道，潯世子怎麼會知道的？

蕭灼盯著玉珮看了一會兒，慢慢收入袖中，剛從地上站起來，景潯已經回來了。

蕭灼忙小跑過去，反覆確認景潯身上並未帶傷，心裡大大鬆了口氣。

景潯微出了口氣，又恢復了原先的從容，道：「放心，人都已經抓住了，沈遇正在處理。」

蕭灼拍了拍胸口。「那就好。」

雖然她還有很多話要問，但明顯不好再多做停留。「此地不宜久留，咱們還是快些下山去吧。」

景潯微一點頭，幾人一道下山。

可到了山腳下，蕭灼的馬車卻不見蹤影，不得已之下，只好一同上了景潯的馬車。

馬車內，蕭灼看著景潯似乎有些疲累地靠著車壁小憩，心中滿是愧疚。

「潯世子，今日之事，是我連累了你……」蕭灼低低開口，話未說完，便被景潯出聲截住。

「不關妳的事，是我連累了妳才是。」

蕭灼抬頭。「嗯？」

景潯姿勢未變，淡淡道：「後面的那一撥人，與之前那幾個山匪，並不是一夥的。」

蕭灼愣了一下，隨即很快反應過來。

的確，蕭嫵的目的不過是藉此給她和賀明軒製造機會，但是後面的那些人，明顯是奔著取他們性命來的，兩者定不是同一批人。而且後面那一批，針對的似乎不是她一個。

莫非……

蕭灼抬頭，看向景潯。

感覺到蕭灼的視線，景潯輕點了下頭。「沒錯，那些人是衝著我來的。」

「為什麼？」蕭灼的聲音多了她自己都沒有察覺到的慌亂。

景潯掩於袖中的手指輕輕動了動，並沒有答話。

馬車內安靜了一會兒，蕭灼見他不答，隱約想到了什麼。

她雖久居府中，但與爹爹一道用晚飯時，偶然也能聽到一些關於朝堂的你來我往。

之前景潯歸朝，她聽到的大多是朝中官員的讚美及百姓的期盼聲，但是其中肯定也有與之相反的聲音。

景潯說是衝著他而來，那估計是涉及到一些不可言說的原因了。

蕭灼識時務的沒有繼續追問。雖然她看得出景潯和他身邊的人都武力超群，況且這種事，景潯自己心裡也定有打算，可她心裡還是不免擔憂。

蕭灼絞了絞手指，語氣認真。「不管怎麼說，今日是潯世子救了我，救命之恩無以為報，若潯世子不嫌棄我力微，以後有什麼我能幫上忙的，盡可直說。」

明明是道謝的一番話，說得莫名有些慷慨激昂。

蕭灼說完，半天沒等到人答話，一抬頭，卻發現景潯的嘴角不知何時已經勾了起來，一副被她逗笑的模樣。

蕭灼的一本正經終於破功，紅霞染紅了臉蛋。

不過方才的沈悶氣氛總算消散了。

蕭灼偏過頭，用手背給臉龐降了降溫，待不再發熱才轉回頭，無意中碰到了她收在腰間的玉珮，忽地想起了另一件事。

這件事她本來上車就想問，可現在卻不知該如何開口了，但是不問她又實在憋不住。

想了想，蕭灼深吸了一口氣，還是開了口。「潯世子，你怎麼知道我的小名的？」

景潯聞言，微不可察地愣了一下，手指微微縮了一下，方才一直微垂著的眼睛也睜了開來。

許是真的太好奇了，蕭灼這次並未低頭，而是睜著大眼睛，直直盯著景潯。

景潯被她盯了好半晌，終於不再沈默，以手抵唇，輕咳了一聲。「妳小的時候，我去府上作客，聽蕭夫人喚的。」

小的時候？蕭灼仔細想了想，對於兒時見過景潯這件事並無任何印象。

「那時候妳還很小，不記得也正常。」景潯道。

一般孩子五歲以前的記憶都是很模糊的，景潯比蕭灼大四歲，所以景潯記得而蕭灼不記得也能說得過去。

蕭灼吶吶地「哦」了一聲，似乎對這個答案不太滿意，卻又說不出哪兒不對勁，有些苦惱的咬了咬唇。

景潯看著愁眉苦臉的小姑娘，嘴角的弧度更大，掩去語氣中的笑意道：「安陽侯府到了。」

蕭灼這才注意到馬車已經停了下來，掀開車簾一看，果然已經到侯府門口了。

不知怎的，今天似乎到得格外快速。

「多謝潯世子相助又送我回府，改日定登門道謝。」蕭灼虛福了福身，掀開簾子下了車。

待馬車再度啟程，轉過拐角，斜靠在車壁上的景潯再也忍不住，緊皺著眉頭，捂著嘴猛烈地咳嗽起來，鮮血從指縫中緩緩溢出。

馬車外的沈遇忙進來，從馬車暗格裡拿出乾淨的帕子和藥，放到景潯手邊，眼中滿是著急與心疼，語氣不免帶上了怨念。

「我說主子，您也知道您現在的身體，又何必非要將那些刺客趕盡殺絕呢？幕後主使還不明朗，這樣一來，萬一打草驚蛇該怎麼辦？依屬下看，保全自身才最為重要，以後再順藤摸瓜，等待來日將他們的主子連根拔起，不也是一樣，何必折騰自己的身體？」

沈遇越說越氣，自家主子也不知是怎麼了，在那麼關鍵的時候非要下山，怎麼攔都攔不住。如今更是越來越不愛惜自己的身體，讓他在一邊看得又急又愁。可偏偏自家主子又倔得很，他根本勸不動，只能乾著急。

景潯接過帕子，擦了擦嘴角的血跡，從藥瓶中倒出一顆藥丸服下，平復了一會兒，才道：「放心，我沒事，你先出去吧。」

沈遇知道自家主子的性子，該聽的自然會放在心上，不想聽的勸也沒用。嘆了口氣，給景潯倒了杯熱茶，繼續去趕車了。

景潯緩緩靠上車壁，閉了閉眼。

那支箭朝蕭灼而去的畫面，讓他現在想到都還有些後怕。

今日的事的確是他疏忽了。

雖然有驚無險，但他並不能確定今日蕭灼被波及，是否是因為她剛好與自己同行，所以那些刺客一個都不能留，免得回去在他們的主子面前說出什麼有關於蕭灼的話。

關於蕭灼，他容不得任何萬一……

# 第二十章

安陽侯府外，蕭灼目送景潯的馬車遠去，心裡微微有些失落。

不知怎麼的，雖然她覺得景潯在人前總是一副客氣疏離、不大好接近的模樣，但是景潯兒時見過她這件事，讓蕭灼在驚訝的同時，還有一絲小小的歡喜。

不過想想也是，人家幫了她好幾回，有好感也是正常的。

直到馬車轉過拐角，不見蹤影，蕭灼才輕吐了口氣，收起那絲輕微的小情緒，理了理衣衫，將眼神放在一旁垂著頭的惜墨身上。

事已至此，無須再說其他的。不過這樣也好，早些做個了斷。

回到院子裡時，綠妍和惜言正在院子裡澆花，見到她們回來，忙小跑過來。

惜言見蕭灼臉色不太好，臉上的笑容頓時淡了下去。

「姑娘，怎麼了，可是出什麼事了？」

蕭灼沒有答話，而是打發綠妍去倒茶，隨後朝惜言招了招手。

惜言依言靠近，蕭灼俯身過去說了幾句話。

聽完話，惜言目露疑惑，看看蕭灼，再看看蕭灼後面一言不發的惜墨，點了點頭，依言去了。

吩咐完事情，蕭灼看著惜墨，道：「惜墨，隨我進屋。」

惜墨身子微微一抖。「是。」

進了屋，蕭灼慢慢走到桌邊坐下，許久都沒有開口。

綠妍沏好了茶進來，察覺出屋子裡氣氛不對，低著頭將茶水倒入杯中，放在蕭灼手邊。

沏茶這種細活，綠妍以前沒做過，這幾天正在學。

蕭灼看著茶杯中顏色澄澈的茶水，誇了一句。「嗯，不錯，手藝進步很大。」

綠妍福了福身。「多謝姑娘誇獎，都是惜言姊姊教得好。」

恰在這時，惜言從門外走了進來，走到蕭灼身邊，將手裡的東西拿了出來。

那是一只玉手鐲和兩支玉簪，一看成色便知不可能是惜墨一個丫鬟能有的東西。

蕭灼閉了閉眼。「惜墨，妳還有什麼好說的？」

惜墨從進門開始就大氣都不敢出一聲，看到那些東西，更是臉色慘白，卻還是死撐著一口氣不肯說實話，裝傻道：「姑娘要奴婢說什麼？奴婢沒聽懂……」

「啪嚓」一聲，蕭灼將手中的茶杯狠狠摔到地上，眸中滿是痛心。

「妳還在裝傻？這幾年來，為何我院裡的事情二姊姊都會知道？還有上次踏青遇到潯世子的事、這次我半路改變主意去靈華寺的事，次次都能遇見賀明軒，誰會信這是偶然？尤其是今天，我特意只帶妳出門，走的還是另一條路，就是要試探妳，沒想到妳果真沒讓我失望，不是妳還能有誰？

「還有這些東西。」蕭灼看著桌上的玉鐲、玉簪。「這些東西如此貴重，妳又是從何處得來的？惜墨，妳和惜言陪了我這麼長時間，我自認平日待妳不薄，甚至將妳們視為我的親人，妳為何要背叛我？」

說到後來，蕭灼的聲音忍不住有些哽咽。

本以為自己早有準備，到了攤牌時也能平靜的處理，可惜她太高估自己了。被自己身邊最親近的人背叛，又如何能冷靜得了？

一旁的惜言也是睜大眼睛，滿眼不可置信。

方才蕭灼讓她去惜墨屋子裡仔細搜一搜有沒有什麼可疑的東西，她就開始有些不安。

但是她與惜墨畢竟一同服侍蕭灼這麼長時間，還是信任惜墨的。她和惜墨以往一直住一間房，對於一些放東西的小地方多少熟悉，搜查時也是抱著幫她洗清嫌疑的想法，沒想到居然真的在惜墨床鋪的角落裡，發現了這些貴重東西。

當時她雖驚訝，卻沒將這些東西往不好的地方聯想，只以為是惜墨眼皮子淺，偷了東西。如今聽蕭灼一說，震驚的同時，也氣得雙眼通紅。

「惜墨，姑娘對咱們恩重如山，妳怎可做出這樣的事？妳……妳還是人嗎？」

「我……」惜墨雙手揪著衣襬，渾身顫抖，終於支撐不住，「撲通」一聲跪倒在地。

「姑娘饒命！奴婢也是一時糊塗，才耳根子軟受人蒙蔽。姑娘大人有大量，饒過奴婢這一回吧！」

蕭灼看著惜墨哭得梨花帶雨，連連磕頭，輕吸了口氣。「從什麼時候開始的？二姊姊的條件是什麼？」

惜墨磕頭的動作微微一頓，過了好一會兒才微微顫抖著答道：「就是這一年的事，二姑娘答應幫奴婢找到家人，再給奴婢一筆銀子贖身出府，所以奴婢才……」

蕭灼「砰」地拍了一下桌子。「到現在妳還不肯說實話？若妳真是想出府或是找什麼人，直接跟我說即可，我也不會攔著，何必冒險去求二姊姊？」

這也是蕭灼這麼久不曾想通的問題。

惜墨和惜言是她的貼身丫鬟，她對自己人從不吝嗇，也明確說過不需要被迫留下的人，想走可以直接和她說，畢竟主僕一場，她自會給一筆錢放她們自由。

所以惜墨怎麼可能是為了這個原因？況且惜墨若真需要錢，早將這些首飾變賣成銀子，何必留著成把柄？

她想不通除了這個還有什麼原因，所以既痛心又不解。

蕭灼冷冷看著惜墨，等著她自己開口。

過了許久，惜墨才終於放棄沈默，低低道：「因為我恨你們。」

惜墨抬起頭，眼底的害怕和委屈全部化為憤恨，像是已經放棄掙扎，恨恨道：「我恨你們這些所謂的權貴，一個個高高在上，仗著有權勢就隨意踐踏他人。若不是因為你們，我父親又怎會因為一句不敬之語就下獄？我又怎會從大戶人家的小姐淪落到被人賤賣，還反要來服侍你們！」

惜墨盯著蕭灼，不再自稱奴婢，像是完全露出真面目一般。「說什麼待我不薄，這幾年妳待我和惜言，根本就不是一視同仁，不就是因為我不是家生子嗎？這樣被人呼來喚去的日子，我受夠了！我早知道二姑娘表裡不一，根本不像表面上對妳那樣好，所以即使之前二姑娘沒有來找我，我也偷偷給那邊透露了消息。

「還有這次，其實二姑娘的本意根本不只是英雄救美，而是想讓綁匪順勢將你們擄走，最好乘機生米煮成熟飯。這個主意，還有我的一份功勞呢，我就是想看你們不得安生，我才開心，哈哈哈……」

即使到了這個時候，惜墨還是不忘再加一把火，增加她和蕭嫵的仇恨。

蕭灼看著惜墨又哭又笑、狀若瘋癲的模樣，根本不是她以前認識的那個活潑靈巧的惜墨，更像是一個完全陌生的瘋婆子。

她原以為惜墨是有一些難言之隱，沒想到竟會是這樣的原因。

五年前，惜墨來到她的院子裡時，宋嬤嬤和娘親查過她的來歷，只道是家道中落而被變賣的良家子，樣貌舉止都是上佳，這才買了她，沒想到她的內心竟已扭曲至此。

聽她的話，她的父親應當是得罪了人被降罪，當時惜墨的年紀應該不大，但已經曉事。生活驟然發生劇變，從被人服侍的小姐變成服侍別人的丫鬟，因為接受不了又找不到降罪她父親的人，所以轉而恨上了所有的「權貴」。

對於這樣的人，她不僅覺得可恨，更覺得可憐。

至於她說偏心惜言的事，蕭灼自認問心無愧，只不過她也無心再去理論了。

昔日的姊妹兼好友，心思卻如此深沈，做出這些背德叛主的事，一旁的惜言咬著唇偏過了頭，不忍再看。

發洩完，惜墨虛脫地癱在地上，目光已然渙散。

「姑娘，妳殺了我吧，我自知罪無可恕，反正我在這人世間已經沒了牽掛，妳就看在我服侍了妳這麼長時間的分上，給我個痛快吧。」惜墨說著，緩緩閉上了眼睛。

靜默良久，蕭灼緩緩起身，背對著惜墨，像是再也不願意多看她一眼。

「惜言，妳去把程伯叫來，讓他找兩個人牙子，把惜墨發賣了，賣得越遠越好，今生今世都不要再出現在我面前。」

閉上的眼睛驟然睜開，惜墨不可置信地看著蕭灼，可是蕭灼已經走進裡間的屏風後，沒有再多說一句。

程管家辦事的速度很快，沒一會兒便帶著人進來，直接將還處在震驚中的惜墨捂住嘴拖了出去，沒再給她開口的機會。

裡間，蕭灼深深地嘆了口氣。罷了，清明將至，就當是為娘親積點陰德吧。

不過蕭灼雖然狠不下心，有人卻會幫她。

幾日後，惜墨在被賣往偏遠之地的途中，幾名黑衣人趁著月黑風高之際悄悄給惜墨灌下了致人聾啞的藥水，這徹底澆滅了惜墨的逃跑心思，在低價賣給了邊城的一戶商賈人家後，永遠無法再動歪心思。

當然，這些蕭灼永遠不會知道。

其華軒內，惜墨被拖出去後，惜言和綠妍仍然站在原地。綠妍從蕭灼開始說話後就大氣都不敢出，一直站在旁邊默默看著。

惜言抹了抹眼角的淚，很快收斂了情緒，揮揮手讓綠妍先出去，自己則進了裡間。

裡面，蕭灼正坐在窗邊，看著窗外盛開的杏花出神。

惜言走到蕭灼身邊，低低喚了一聲。「姑娘。」

蕭灼回神，安撫地笑了笑。「我沒事。」

她只是有些鬱悶，明明惜墨心裡的仇恨並不來自於她，卻發洩到她身上。可能是她沒經歷過，所以不太了解，但是覺得有些委屈也是真的。

惜言走到蕭灼身邊跪下，將雙手放在蕭灼的膝蓋上，語氣認真。「姑娘，惜言向您發誓，會一輩子陪著姑娘、護著姑娘，絕不會背叛姑娘，若有違此事，定遭天打雷劈，不得……」

後面的話被蕭灼伸出的食指輕輕堵了回去。「我知道，我相信妳。」蕭灼停了下，道：「還有綠妍，我相信綠妍也是個好姑娘，妳替我好好教她，不然妳一個人怕是服侍不過來。」

蕭灼當然不會因為惜墨便對身邊的人失去信任。惜墨的事是她自己鑽了牛角尖，若因為她一個人而對所有人失望，一輩子活在疑神疑鬼中，那也太可悲，太得不償失了。

蕭灼不會那樣，但同樣也不會輕信他人。惜言她是信任的，綠妍的來歷程伯已經調查了一番，暫時沒有什麼問題，她還得繼續觀察一段時間。至於院裡其他人，還是能換則換。不過她們都不近身伺候，想必無甚大礙。

見蕭灼眼中的神情不似作假，惜言笑了笑，用臉輕蹭了蹭蕭灼的膝蓋，隨即道：

「不過姑娘，奴婢還有一事不明。」

「妳是想問我為什麼不將惜墨留下來，等爹爹回來好告知爹爹？」蕭灼先道。

惜言點點頭。

其實蕭灼何嘗不想？但是沒有證據。那幾個綁匪因為後來的變故，被箭當場射死兩個，剩下三個早就跑沒影了。

而惜墨這邊，雖然有惜墨的口供和這些東西，但蕭嫵和二夫人不是傻子，若一口咬定是惜墨自己偷的，怕擔罪名才倒打一耙該怎麼辦？又或者像上次的煙嵐一樣，直接將所有罪名推到賀明軒身上，估計她們為了撇清自己，什麼都做得出來。

總的來說，還是她準備得不夠充分。

今日她的目的就是想試試惜墨是不是那個傳信的人，至於綁匪這一齣，她還真沒料到，實在是太魯莽了些。若沒有景潯，對方真有可能得逞。

想到景潯，蕭灼下意識摸了摸被她放在腰間的那幾塊玉珮碎片，奇蹟般地感到一絲心安。

雖然將蕭嫵正法暫時還有些難，但是該報的仇，她一樣也不會忘，遲早會一併討回來。

乾王府。

元煜急匆匆走進屋時，景潯已經換上一身寬鬆的白袍，坐在床邊看書，臉色也好了許多，除了唇色略淺，看不出其他異樣。

「怎麼回事？」元煜道。他本來正準備進宮議事，聽到消息便立刻趕了過來。見景潯並無外傷，焦急的心情平復了些，但還是不敢放鬆。「那群人身手如何，可有內傷？」

景潯不疾不徐放下手中的書，聲音中並無太多虛弱之感。「無事，人數並不是很多，已經被我解決了。」

元煜這才鬆了口氣，轉而語氣沈了下去。「沒想到才過了這麼幾天，那些人就已經沈不住氣了。你說你出門怎麼不多帶些人？還好你沒受什麼大傷，否則叫我和皇上該如何自處？明日我就與皇上說，撥一支護衛給你。」

景潯笑了笑，其實他自己的暗衛個個身手不錯，也夠用了，而且他平日出門其實不太愛帶人。不過想了想，還是沒拒絕，就當是領了元煜和元燁的心意。

見他沒拒絕，元煜這才滿意，喝了口水潤潤嗓子。

「光天化日之下就敢動手，看來那些人的確是坐不住了。不過如今的範圍已經縮得很小，就等他們出手好露出馬腳，相信過不了多久，就能將他們一一揪出來。」

元煜口中的他們，說的是先帝四皇子的殘餘勢力。

新皇是先帝二皇子，也是皇后所出的嫡皇子，原應是名正言順的東宮，可是先帝後期偏愛寵妃王貴妃，以及王貴妃所出的四皇子，以至於先帝病倒後，朝中站皇后一派和王貴妃一派的人竟然不相上下。

四皇子比二皇子小兩歲，心智卻完全不輸，而且心狠手辣，當時那一場奪嫡之爭很是慘烈。最終還是為嫡為長，且有皇后母家支持的二皇子勝出，四皇子則被終生幽禁，在新皇登基後抑鬱而終。

只不過帶頭的人雖然死了，四皇子的支持者也大都被殺被逐，卻還有一些暗地裡的勢力沒有處理乾淨，近幾年又開始蠢蠢欲動。

只是這一票人很是小心，元煜和元燁查了許久才確定一個大概的範圍。正準備做一些事激一激他們時，景濤剛好回來了。

景濤的大名他們當然知道，而且又是皇上這邊的人，這一回來，簡直如虎添翼，他們當然慌了。

不過雖然有這麼個活靶子在，元燁卻從未動過利用景濤的心思，這也是他同意推遲封王，且遲遲沒有給景濤安排職位的原因。

不過或許是景濤這名字就已經夠震撼人，他們也沒想到這些人這麼快就按捺不住了。

元煜看著景濤依然一副雲淡風輕的模樣，再看看自己這心急火燎的，緊張的氣氛一掃而空，頓時不甘了。

「我說景濤世子，我說的可是關乎你性命的大事，你怎麼還沒我著急？」

景濤笑了，端起杯子喝了口水。「這不是已經有你們兩個了，我放心。」

元煜一愣，頓時瞪大了眼。「我的天，我這是聽到了什麼？只會坑人的你什麼時候也會說漂亮話了？」

被這兩句話說得渾身舒坦，元煜嘖嘖兩聲，坐到桌邊，忽地起了些逗趣的心思。

「哎，我聽沈遇說這次你遇刺時，那個蕭家的三小姐也在，你為了救她還廢了一塊價值連城的玉珮。」元煜搖頭，嘆息了兩聲，眼睛卻在發光。「你上次寫信讓我多看顧蕭家三小姐時，我就開始納悶了，沒想到時隔好幾年收到你的信，居然提到一個沒怎麼見過的小姑娘。你說，你和這蕭家三小姐到底是什麼關係？這麼關心人家，莫不是你這沈寂多年的心，終於開竅了？」

面對元煜探詢的目光，景濤只回了一個淡淡的白眼。

元煜平時沒少受他白眼，也不介意，慢悠悠地說起了另一件事。

「對了，還有一件事，我還沒告訴你，皇上已經準備讓你去管理戶部。一來你如今還不能貿然接手軍權，免得成為更大的靶子，反正晉將軍是咱們的人，又是你師傅，信得過。另一方面，戶部算是事少錢多的地方了，正方便你休養。」

說到這兒，元煜停了一會兒，語氣中帶了一絲不懷好意的笑。「最重要的是，如今戶部最大的事便是荊州官員貪污的案子，這案子快接近尾聲了，且與安陽侯正在辦的鹽官案子有很大的交集，未來一段時間，估計你得時常造訪安陽侯府了。」

元煜說完，眼神熱切地看著景溽的反應。

靜默了一會兒，景溽淡淡道：「哦。」

元煜。「……」

「這『哦』是什麼意思，你倒是給點反應啊？」

景溽十分淡定的喝了一口茶。

元煜的一腔熱血，頓時被澆了個透心涼。

沒勁兒，太沒勁兒了！不可能啊，難道是他想錯了？這可是十幾年來唯一在景溽口中聽到的姑娘呢。這主意還有一半是他的功勞，就想體驗一下當紅娘的感覺，順便好好看看，景溽這個少年老成的人動起情來會是什麼模樣，估計他作夢都會笑醒。

沒想到自己興致勃勃來告訴他，就得到了一個「哦」字，元煜簡直想打人。

「世子，時辰不早了，再不進宮就來不及了。」元煜的侍從站在門外道。

元煜是從進宮的半路上趕過來的，還得抓緊時間趕過去。

縱然不太甘心，但要是去得太晚，皇上肯定又要罵他。

元煜不情不願的站起身，正準備說服自己暫時作罷，下次繼續，就聽一旁的景潯忽地輕輕咳了一聲。「多謝。」

元煜的心情頓時大落大起，笑容極為燦爛。

景潯抬頭看他，一臉「你怎麼還不走」的表情。

元煜知道這人的這一句「多謝」有多不容易，識相地沒再多說，心滿意足地大踏步出了門。

跨出門檻時，還十分歡快地吹了一聲口哨。

景潯一臉無語地看著他出門，嘴角卻禁不住揚了起來。

# 第二十一章

王府就這麼大，蕭灼打發了貼身侍女的事，很快就傳遍了整個王府。

蕭灼平日性子軟和是出了名的，這是她第一次主動打發人，而且還是如此親近的人，其華軒的下人一下子都繃緊了神經。

收到消息時，蕭嫵正在二夫人房裡，因為賀家傳來賀明軒受傷的消息而心神不定，一聽蕭灼打發了惜墨，頓時亂了手腳。

這次的計劃她早有準備，原以為怎麼也不會出錯，沒想到竟又被人橫插一腳。賀明軒受了傷，蕭灼不僅毫髮無損，反而還打發了惜墨。

蕭嫵的額頭隱隱作痛，想不通為什麼次次都能碰上這位潯世子，難道真是連老天都不幫她？

還有蕭灼，為什麼一回來就打發了惜墨？莫非……

蕭嫵微微睜大了眼，難道這次的時機根本不是碰巧，而是蕭灼故意只帶惜墨出去，又改換路線，好試探惜墨的？

怎麼可能？這還是她認識的那個單純的蕭灼嗎？

蕭嫵抬頭，看著同樣神色嚴肅的二夫人，顯然二夫人也想到了這個可能。

「若惜墨被打發真的是因為暴露了，那三姑娘看來真的與以往不一樣了。」

蕭嫵還是有些不敢相信。「怎麼可能，那咱們的計劃怎麼辦？」如果這條路真的走不通了，那她們家又該去哪裡找個後盾？

只要一想到其他家族的小姐，聽說她是庶女時那一瞬間遺憾和輕視的眼神，她就恨得牙癢癢，即使她們知道娘親掌家，也不會多高看一眼。尤其是有些嫡小姐，總喜歡將嫡庶尊卑掛在嘴邊，以彰顯自己的尊貴身分，這樣的人雖然只是一部分，但也夠她受得了。

蕭嫵才不想忍，她恨不得爹爹馬上將娘親扶正，好讓自己名正言順地成為嫡女。

二夫人看著自家女兒越來越急躁、憤恨的眼神，走上前用雙手扶住了蕭嫵的肩膀。

「嫵兒，看著娘親。」兩人四目相對，二夫人溫和道：「不過是一條路行不通而已，有什麼大不了的？就算三姑娘真的發現惜墨是咱們的眼線，察覺咱們的目的又如何？她將人打發而不是留著等侯爺回來，估計是沒有證據，如此也傷害不到咱們什麼，不過是以後無法再利用她罷了。」

瞧著蕭嫵的眼神漸漸清明，二夫人繼續道：「一條路行不通，咱們再找一條便是。想要後盾，何必靠他人？娘親的嫵兒可是有才女之稱在身的，還怕吸引不到一個乘龍快婿嗎？」

蕭嫵一愣。「娘親的意思是……」

二夫人笑了。「京中還未婚娶的公子那麼多，比如穆親王家的元煜世子、如今朝中新寵小乾王景潯世子、蘇御史家的大公子、洪尚書家的公子等等，若能與他們結親，還怕沒有後盾嗎？」

蕭嫵咬了咬唇。話是這麼說沒錯，她又何嘗沒有想過？嫁個小官做正妻，平凡過一輩子，從來不在她的考慮範圍內，可是她如今的身分想要高嫁，根本做不了正室。她深知娘親的苦楚，當然不想再重蹈覆轍，這也是她一直想讓娘親被扶正的原因。

二夫人能猜到她的想法，笑了笑道：「或許還有一個法子，娘聽說再過不久，公主府建成，長公主便要出宮住進公主府了，到時候與各世家小姐必定多有來往，若能與長公主交好，說不定能有機會進宮……」

後面的話二夫人沒有說全，但蕭嫵自然心知肚明，眼睛亮了亮。

既然同樣都是要做妾，不如做九五至尊的妾，那地位可是大不相同。若自己能進宮，一人得道，全家高升，父親想不扶正娘親都不行，所有的世家子女都得對她下跪叩拜。

想到那些人在她面前低眉順眼的樣子，蕭嫵想想都覺得痛快。

見蕭嫵重新燃起了鬥志，二夫人摸了摸蕭嫵的頭髮，道：「所以這路有很多條，咱們先不急，江采月那邊才是當務之急。」

秋水閣這邊兩人心懷鬼胎，情緒大起大落，其華軒那邊卻是相反的寧靜祥和。

清明已至，蕭灼提前一天帶著惜言和綠妍兩人，將娘親的墳好好清理了一番。

蕭家祖墳就在城外不遠，也有專人看守打掃，但蕭灼還是不放心，親自過來掃了一遍。

娘親出事時，她身子還未大好，硬撐著守了三天的靈便大病了一場，等到能下床時，葬禮已經結束了，這還是她第一次在清明為娘親掃墓。

清理完後，蕭灼又花了一下午的時間在娘親墳墓周圍種了一圈梔子花。梔子花花色雪白，香氣馥郁，是娘親生前最喜愛的花。如今已是四月，等到了六月，就是梔子花盛開的季節，相信娘親聞到了花香，一定會很開心的。

種完花已近傍晚，蕭灼在墓前跪了一個時辰，看著墓碑上「喬韻」兩字，怔怔地出神，末了恭敬地磕了三個響頭，方才起身回府。

清明當日清晨，還在荊州辦事的蕭肅快馬加鞭的趕了回來，主持完祭祖的各項儀式後，又急匆匆的趕了回去。

蕭灼和蕭嫵還有兩位夫人在門口送走了蕭肅，慢悠悠的回自己的院子。

自從惜墨那事過後，這還是蕭灼和蕭嫵第一次碰面，蕭灼客氣地笑笑，似乎與以往並無二致。

蕭嫵還是有些不相信，在即將到達分岔路口時，忍不住開了口。

「聽說過幾日有位世家小姐要舉辦詩會，熱鬧得很，三妹妹可有興趣與我同去瞧瞧？」

蕭灼步伐未變，淡淡道：「不了，二姊姊知道的，我不喜熱鬧，二姊姊還是找孟小姐同行吧。」

沒等蕭嫵接話，蕭灼又問道：「幾日不見，二姊姊身邊多了一個面生的丫鬟呢。」

煙嵐死了，蕭嫵身邊便只剩下一個煙雨，如今又多了個清秀的丫鬟，算是頂了煙嵐的位置。

蕭灼上下打量了那個丫鬟一番，點點頭道：「不錯，看著是個靈巧的丫鬟。不過二姊姊可調查清楚她的底細了，畢竟是放在身邊服侍的人，馬虎不得。」

當時綠妍剛進來時，蕭嫵對她說過一模一樣的話，如今蕭灼原封不動地還回去，更含了一絲話中有話的意味。

蕭嫵知道她這是在暗指惜墨的事，扯了扯嘴角。「謝三妹妹提醒了。」

蕭灼淡淡一笑。「應該的。對了，聽說賀公子的傷也快大好了，二姊姊若是去探望，替我轉告賀公子一聲，趁這個機會好好休養休養，沒事還是不要再出來了，免得又碰上無妄之災，把好不容易掙來的吏部主事的位置也給丟了，畢竟還是自己的前程最重要。」

說完，剛好走到了岔路口，蕭灼沒等蕭嫵回答，微笑著欠了欠身，轉身朝其華軒走去。

蕭嫵在原地愣了好一會兒，這才注意到，雖然蕭灼面上的笑容與以往沒什麼不同，但是一絲都沒有到達眼底，再沒有了以往的信任和依賴，剩下的只有客氣與疏離。

清明時節雨紛紛，連下了三天的陰雨。

綠妍和惜言為了哄蕭灼開心，特意學著做了一個風箏，三個人挑了一個晴好的天氣，在花園的空地上放了起來。

進入四月，氣溫漸漸高了起來，三個人在空地上來回跑了幾圈，額頭就開始滲出汗來，但是蕭灼卻玩得很盡興。

玩夠了，回到院子裡沐浴，用了午膳。蕭灼小睡了一會兒，便著人備馬車，帶著惜言出府去京中最大的金玉首飾鋪子——珍寶閣。

隔了這麼長時間，她早就想去瞧瞧珍寶閣有沒有什麼新進的東西。除此之外，她還有一個更重要的目的。

上次景潯為了幫她擋箭，損失一塊看起來價值連城的玉珮。事後她也不知怎麼的，鬼使神差地就將那玉珮帶了回來。

這幾天那玉珮碎片就放在她的床頭櫃中，她怎麼想都覺得不大好意思，思來想去，還是決定重新買一塊類似的玉珮當作謝禮。

珍寶閣所處地段較為繁華，馬車不太好停，蕭灼就近找了個空地停了車，帶著惜言走了過去。

距離珍寶閣另一邊的不遠處站著兩個女子，其中一人看到蕭灼走了進去，皺了皺眉，朝蕭灼的方向示意了一下，對旁邊的女子說：「梁小姐，那位就是我上次和妳說過，安陽侯府極少出來露面的嫡小姐蕭灼，容貌極好，上次在安陽侯的壽宴上可是大出風頭。可惜梁小姐上次有事沒來，否則說不定與這位蕭小姐很聊得來呢。」

說話的女子正是孟余歡，她身邊的女子則是左安梁將軍之女梁婉。梁婉的母親是與大鄴朝交好的鄰國泱國的公主，因為一次意外與梁將軍相識相戀，隨後嫁了過來。

泱國人的長相多是濃眉大眼，這位公主也是位美人。梁婉的長相隨了父母的優點，很是張揚豔麗，這也是她最引以為傲的地方。

武將出身的女子大都率性，不怎麼會隱藏自己的情緒，聽了孟余歡的話，梁婉不屑地哼了一聲。

「走，進去瞧瞧。」

# 第二十二章

珍寶閣內，因為上次蕭灼第一次出門太過興奮而創下的「豐功偉業」，讓珍寶閣的掌櫃竟然還記得她。

珍寶閣的掌櫃年紀大約四十左右，模樣中規中矩，但是身材有些微微發福，從而中和了生意人特有的精明相，笑起來還有些憨厚。

見到蕭灼進來，掌櫃忙迎了上來。

「喲，蕭小姐來了。今日您可算來得巧，鋪子裡昨日剛進了一批金玉首飾，今兒剛擺出來呢。」

蕭灼往兩旁略看了看，的確有不少是她上次沒見過的。不過她並未在那上面多做停留，轉頭客氣地問掌櫃道：「閻掌櫃，可否把你們這兒質地上乘的玉珮拿出來給我看看？」

閻掌櫃痛快地答應一聲，親自帶蕭灼到專門放置玉器的木櫃，打開最裡面的格子，取出一個存放十幾枚玉珮的方形檀木盒子。

閻掌櫃從上次就知道蕭灼定是個富貴人家的小姐，心知有大生意上門，拿出來的都是壓箱底的好東西。

蕭灼略掃了一眼，的確顏色、質地都不錯，正待拿起來細看時，門外又走進來兩個姑娘。

「掌櫃的，麻煩把你們這裡最新穎的首飾拿出來給我們瞧瞧。」其中一個姑娘道。

蕭灼原本沒注意，聽這聲音有些耳熟，轉頭看去，有些驚訝。

說話的人正是孟余歡。至於她旁邊那位紫衣姑娘，蕭灼並不認識。

「咦，這不是蕭三小姐嗎？」孟余歡道：「真是巧了。」

在這兒都能碰見孟余歡，蕭灼有些不大樂意，面上還是客氣地笑了笑。「是啊，挺巧。」說完便低頭繼續挑選玉珮，不大想與她們搭話。

可孟余歡旁邊的姑娘卻不打算只打個招呼，從進來之後，就一直盯著蕭灼看，那眼神滿是挑剔，讓蕭灼很不舒服。

「原來這就是妳說的那位容貌極好的安陽侯府三小姐?我看也不過如此，尚且可看罷了。」那姑娘打量完了，雙手環胸，不屑地說了一句。

蕭灼聽了這話，皺了皺眉。

她倒不是特別在意別人的評價，只是這語氣著實氣人，而且特意說到安陽侯府，這話可就不單單指蕭灼一個人了。

「這位小姐是？」蕭灼問道。

那姑娘昂著頭，沒有回答，還是一旁的孟余歡答道：「這位是左安將軍之女，梁婉梁小姐。」

這段時間，蕭灼大略將京中大小官員家的小姐都了解了一番。

眾多武將中，鎮國將軍品級最高，再來就是這位左安將軍了，雖比不得安陽侯府，但因為左安將軍的夫人是泱國公主，還是嫡公主，有這一層關係，朝中眾人自然要格外高看。

現在看這位梁小姐估計是從小被人寵壞了，和孟余歡一樣喜歡拿鼻子看人，難怪這兩人能玩到一塊兒去。

「原來是梁小姐。」蕭灼微欠了欠身。「久聞梁小姐美貌過人，今日一見，果真名不虛傳。」

梁婉聽了這話，下巴揚得更高，一副「算妳會說話」的表情。

蕭灼微微笑了笑，繼續道：「古人云，心美，則見之皆美，心惡，則見之皆惡。以往還不知其深意，如今一見梁小姐，才知此話果真有理。」

言下之意，我誇妳美，不是因為妳真的美，而是因為我自己的心美，而妳說那句話，則是妳自己的心黑，所以看不見別人的美。

這話不難理解，只不過武將出身的小姐大多不愛讀書，梁婉方才什麼都寫在臉上的模樣，蕭灼就猜出她估計是個腦子簡單的。

果然，孟余歡一聽臉色就變了，而梁婉則是過了一會兒才反應過來，臉色立刻黑了。

「妳說什麼？妳在諷刺我？」梁婉上前一步，聲音拔高不少。

蕭灼一臉無辜。「梁小姐何出此言？我是說梁小姐貌美心善，所謂相由心生，果不其然，何來諷刺之說？」

梁婉一噎，看蕭灼的表情不似作假，差點以為是自己理解錯了，越想越不對勁的同時，還不知該怎麼反駁。

孟余歡在後面撫了撫額，這梁小姐真是空有美貌沒有墨水，她本來還想藉著她的口羞辱蕭灼一番，誰知人家一咬文嚼字，她就分不清真正意思了。

還有這蕭三小姐，幾天不見，倒是變得更伶牙俐齒了。

看著一旁站著著急的閣掌櫃，以及因為這邊的聲音，時不時投來好奇目光的其他客人，孟余歡可不想成為別人看戲的對象，遂走到梁婉身邊，勸道：「梁小姐，咱們不是進來看首飾的嗎？眼看天色也不早了，不是說挑完首飾去我府裡坐一坐的嗎？」

梁婉站在原地，正等著別人給她遞臺階呢，聽孟余歡一說，便順階而下，狠狠瞪了蕭灼一眼，就被孟余歡拉去了另一邊。

蕭灼微微出了口氣，有些人就是看妳不順眼，討好也沒用，還不如直接還回去，至少心裡舒坦些。而且看這模樣，估計是孟余歡從旁挑撥的。不過就是些口頭上的功夫，嚇不到她。

在心裡默默罵了孟余歡幾句，蕭灼向掌櫃道了句歉，轉頭卻看到惜言在一旁偷笑。

「小丫頭，妳笑什麼？」

惜言忙止住笑，搖了搖頭。「沒什麼，只是覺得小姐真棒！」

蕭灼伸手點了下她的頭，自己也忍不住笑開了。其實她也覺得方才的自己挺棒的，如果手心沒有出汗就更好了。

兩個討人厭的總算打發走了，蕭灼又回到櫃檯邊繼續挑選玉珮。

景潯那塊玉珮早就印在了她的心裡，她不知景潯的喜好，為免出錯，還是決定選一塊差不多的。

仔細看了一會兒，她從中拿出一塊青玉雲紋珮放在手中。這塊玉珮紋飾與景潯那塊極為相似，只是顏色有些不同。不過青玉比白玉顏色更為大器，這塊成色、觸感也都絕佳，蕭灼再看了看其他的，果斷地將這塊玉珮買了下來。

既是送禮，外觀也很重要，蕭灼又選了一個紋飾精緻的檀木盒，以及一個與玉珮配套的流蘇墜子，滿意地點了點頭。

付完銀子，孟余歡和梁婉還沒走，有她們兩個在，蕭灼也無心再看其他的，從閻掌櫃手中接過盒子就準備回去。

走過孟余歡和梁婉身邊時，蕭灼下意識地往那邊掃了一眼，卻看到梁婉拿在手中的一枚玉戒指，腳步頓時停了下來。

梁婉正在看那戒指，沒注意到蕭灼的異樣。

將那戒指放在手中仔細端詳片刻，梁婉輕嘖了一聲，搖搖頭。「好看是好看，只可惜是個二手貨。」說完便將那枚玉戒指放了回去。

突然，梁婉身邊突然伸出一隻手，將那玉戒指拿了過去。因為動作太快，梁婉被手肘撞到，往旁邊歪了一下。

「放肆，哪個沒長眼的——」

梁婉抬頭正要罵，卻見蕭灼不知何時走了過來，眼睛直直地盯著那枚玉戒指，跟定住了似的。

方才的事梁婉心裡還悶著火呢，見蕭灼像是看中了那玉戒指，伸手就要搶過來，只可惜被蕭灼搶先一步。

「掌櫃的，麻煩幫我把這玉戒指包起來。」蕭灼道。

梁婉頓時火了。「這玉戒指是我先看中的，應當是我的，掌櫃的，幫我包起來！」

閻掌櫃再次陷入兩難的境地，為難地看著兩人。這兩位小姐身分都不簡單，他哪個都不想得罪。

蕭灼手攥著戒指背向身後，看向梁婉，冷冷道：「梁小姐，方才我見妳將這玉戒指放回去，明顯沒有要買，這才過來拿的，何來妳先看中的道理？況且是我先與掌櫃說要買的，凡事總得有個先來後到，梁小姐出身世家，應當不會不知道這個道理。」

「妳……」梁婉咬著嘴唇，氣得雙眼通紅，可是蕭灼依然一動不動地站在原地，態度強硬，沒有半分要妥協的意思。

梁婉徹底怒了，撲上來就要搶，被身後的孟余歡和閻掌櫃拉住了。

閻掌櫃雖然為難，但的確是蕭灼先開口的，只好硬著頭皮勸道：「這位小姐，的確是這位小姐先說的，小鋪裡還有成色更好的首飾，要不您再瞧瞧別的？」

孟余歡也在梁婉耳邊低聲提醒旁邊有人，莫要衝動。

梁婉咬了咬牙。「妳等著！」說完將袖子從孟余歡手中猛地拽了出來，也不再看其他的，轉身徑直出了店門。

一旁的孟余歡心中暗喜，也不知這蕭灼是發了什麼瘋，這下可算是得罪了梁婉了。

孟余歡看好戲似的看了蕭灼一眼，轉身跟了出去。

蕭灼看著兩人的背影，微微出了一口氣，背在身後的手還有些停不下來的顫抖。

她知道自己方才有些衝動，但是這枚戒指太重要了，她根本無法冷靜。

惜言也被方才蕭灼忽然冰冷的語氣嚇著了，見自家小姐有些不對勁，探頭看了看，待看清那枚戒指的模樣時，也愣住了。

「小姐，這不是……夫人的戒指嗎？」

蕭灼咬了咬唇，泛紅的眼眶給了惜言肯定的答案。

蕭灼手上的這枚戒指，正是安陽侯夫人生前最喜愛的一枚戒指，也是蕭灼的外祖母給安陽侯夫人的嫁妝，算是傳家之寶。蕭灼小時候總喜歡拿它來玩，對它再熟悉不過，就連指環裡側的劃痕都一模一樣。

蕭灼可以肯定，這就是娘親的那一枚。

她攥緊戒指，轉身看向閻掌櫃，聲音都有些顫抖，還含著隱藏不住的急切。「閻掌櫃，這枚戒指您是從哪裡得來的？」

閻掌櫃看了看那戒指，仔細回想了一下，道：「這戒指好像是一個二十幾歲的年輕人過來當的，說是家裡實在揭不開鍋，當鋪又出價太低，所以來求我。我瞧著成色不錯，就留下了。怎麼，可是有什麼蹊蹺？」

蕭灼並未回答，又繼續問：「那您可還記得那人長什麼模樣？可知道他住在哪兒？

能否帶我去找他？」

閻掌櫃為難地搖了搖頭。「都是快一個月前的事了，而且那人我也不認識，只來過店裡一次，這我恐怕幫不了小姐您啊！」

聽到閻掌櫃的回答，蕭灼眼淚頓時蓄滿了眼眶。

閻掌櫃有些不明就裡，但看蕭灼的反應也知道，那人和這東西應當對她很重要，心裡有些過意不去，試探著道：「或許我可以照記憶畫一幅畫像，不知對小姐可有幫助？」

蕭灼眼睛驟然亮起，忙點了點頭。「多謝掌櫃。」

閻掌櫃沒怎麼學過畫，按照腦中的記憶畫了一幅能看清特徵的畫時，已經過了快兩個時辰。

蕭灼接過畫像，再次道了謝，才有些失魂落魄地出了店門。

回府的路上，蕭灼坐在馬車內，看著手中的玉戒指，泛著霧氣的眼中，漸漸浮上一絲寒意。

# 第二十三章

現今蕭家祖墳中的安陽侯夫人喬韻的墳墓，其實只是一座衣冠塚。

喬韻從小除了與太后交好外，還有一個認識多年的好友，是原戶部葉侍郎家的小姐。只可惜葉小姐的父親升官後犯了錯，結果被一貶再貶，最後被發配去了距離京城很遠的姚城做了個地方官。

不過官場變動雖然大，兩人的友情卻沒變。葉家遷去姚城後，兩人還經常書信來往。

去年清明節後，喬韻聽說葉小姐生了病，而且很嚴重，當即就決定去探望一番。

誰知萬萬沒想到，去的時候還好好的，回來時經過幾處山路時，卻突然遭遇暴雨，導致山中泥石混著雨水滾落，泥洪突發，直接將喬韻的馬車及隨行的人沖下了山崖。

當時只有兩個人僥倖躲過泥洪，回來向蕭肅稟報，蕭肅驚怒，立刻帶著大批人馬前去救人。只可惜只找到了一小部分人，其中並無活口。而喬韻的馬車雖然找到了，但裡面是空的，人則遍尋不著。

雖然蕭肅還是堅持帶著人在周圍找了很久，但是其實大家心裡都有數，生還機率很小。

遍尋無果後，蕭肅終於無奈放棄，給喬韻立了個衣冠塚。沒過多久，喬韻的父親齊國公也因為失去女兒，打擊太大而離世。

蕭灼看著手裡的玉戒指，又想起當時聽到娘親遭逢意外時那種撕心裂肺的感覺，除了痛苦外，更多的是驚疑不定。

這枚玉戒指，娘親從不離手，連摘下來都很少，會出現在這裡，不外乎有兩種可能。

要麼就是有人發現了娘親的屍首，覺得這玉戒指值錢，所以摘了下來；要麼就是娘親根本沒死，只是出了意外需要用錢，所以拿這枚玉戒指和別人換了東西。

蕭灼當然希望是第二種，但她還不至於被期待沖昏了頭。一來這戒指對娘親那麼重要，娘親根本不會拿來換東西；二來若娘親沒死，為什麼不回來找他們呢？

第一種倒還說得通，可是被泥洪沖過的地方，爹爹都已經找遍了，那娘親的屍首到底在哪兒呢？

其實除了這兩種猜測，蕭灼心中還有另一個懷疑。

之前她沒有發現二夫人和蕭嫵的禍心，所以沒有往這方面想。如今她知道二夫人其實早有野心，蕭嫵也從很早就開始故意獲得她的信任好利用她，那娘親這事會不會也與二夫人有關？

既然沒有找到娘親的屍體，會不會娘親根本沒有在這場泥洪中喪生，這泥洪不過是一個恰到好處的藉口？

畢竟當時情況如何，只有那兩個回來的人說了算，她院裡的人不少都是二夫人的眼線，買通幾個隨行的人，也不是難事。

說不定娘親是在先前就被二夫人買通的人給害了，這枚戒指很可能是那些人順手貪財，留下的證據之一。

蕭灼的這些猜測並不都是憑空想像，當時蕭肅雖然放棄尋找，蕭灼卻並未想過放棄，無論如何她也要親自出府去找。可是她從小身子不好，又急火攻心，等她大病初癒好不容易能下床，想找那兩個人了解情況時，那兩個倖存下來的人卻早已不在府中。

府裡的人說是為了她的身體著想，都不准再提此事，她連個帶路的人都沒有，娘親的死更是就這樣被定了下來。

現在想來，其實那兩個人的消失，就已經很不對勁了。

現在又有了這枚玉戒指，這件事，蕭灼是無論如何都要查個水落石出。就算最後證實是她想多了，至少要把娘親的屍首找回來。

可是，她如今無人脈也無頭緒，手裡只有一幅畫得不知幾分像的畫像，又該如何去查呢？

爹爹她是不用想了，二夫人如今在府中人心中的形象還是溫柔賢良的，且不說爹爹會不會相信她說的，畢竟同在府中，若被二夫人看出什麼來，從而阻止，那就完了。

可是除了爹爹，還有誰能夠幫她呢？

正一籌莫展之際，蕭灼的眼神忽然看到一旁放著玉珮的檀木匣子，腦海中浮現景潯一把拉住她，將她帶到樹後躲避的那一幕。

不知怎麼的，當時她雖然受了不小驚嚇，但卻平復得很快。景潯拉住她時，莫名讓她覺得安心和信任。

「若是能說動潯世子幫我就好了。」蕭灼自言自語道。

景潯以及他那個屬下看起來都很厲害，而且二夫人與景潯並無交集，定想不到景潯會插手此事。最重要的是身分，就算借二夫人十個膽子，她也不敢把手伸到景潯那兒去。

可惜，想法是好的，可人家與她不是什麼熟稔的關係，自己還在他面前屢屢出糗，人家也不會吃飽了沒事幹幫她查案子。

蕭灼想著想著，嘆了口氣。

「小姐，到了。」

馬車緩緩停下，惜言打起簾子，朝車內伸出手。

蕭灼收回思緒，將那幅畫像小心收回袖中，一手拿著裝玉珮的盒子，搭著惜言的手下了馬車。

一下車，就看到府門外還停著幾輛馬車，外出辦事許久的蕭肅正好從其中一輛馬車內下來。

「父親？」蕭灼微微驚訝，加快步子走過去。「怎麼父親今日回來也不提前和女兒說一聲？」

還沒等蕭肅回答，另一輛馬車上走下來一位月白衣衫的修長身影，蕭灼立時愣住了。

「潯世子？」

許是自己方才在馬車上還想著這人，沒想到一下車就見到了真人，蕭灼一時有些沒反應過來，聲音也微微大了些。

蕭肅輕瞪了蕭灼一眼。「灼兒，不得無禮。」

蕭灼忙回過神，準備行禮，一低頭發現自己手上還拿著準備要送給景潯的玉珮，臉倏地一下就紅了。

心虛地一把將手中的盒子塞到惜言手裡，蕭灼低著頭規規矩矩地行了個萬福。「爹爹有禮，潯世子有禮。」

蕭肅無奈地搖了搖頭，對景潯笑道：「這丫頭從小被寵壞了，又沒怎麼出過府，潯世子莫要見怪。」

景潯看看蕭灼泛紅的臉頰，還有不安地動來動去的手，唇角輕揚。

「無事。」過了會兒又補了句。「很可愛。」

蕭灼渾身一滯。

很可愛？是在說她？

景潯的聲音十分悅耳好聽，蕭灼的心跳驀然加快，十分慶幸自己把盒子給了惜言，要不然她非得直接摔了不可。

蕭肅笑呵呵道：「女孩子家總這麼冒失，讓潯世子見笑了。」說完對蕭灼道：「以後可不能這麼冒失了。行了，爹爹和潯世子還有事要商議，妳先回去吧。」

蕭灼早等著這句了，忙行了個禮，低著頭趕緊溜了。

「潯世子，咱們進去再繼續說？」蕭肅看著景潯道。

景潯收回看著蕭灼的眼神，點了點頭，兩人一前一後進了門。

直到走過拐角，確定看不到蕭肅和景潯後，蕭灼才停下步子，拍了拍胸口順順氣。

也不知她這個一看到景濤就容易驚慌失措的毛病什麼時候才能好，再來幾次，她在景濤面前的形象怕是都沒了。

不過還好，至少她這次沒再直愣愣盯著人看了，也算有進步。

「小姐，您怎麼了？臉這麼紅？」惜言跟著自家小姐一路小跑，看著蕭灼有些反常的模樣，一臉不明所以。

「嗯？」蕭灼捂住發燙的臉，胡亂說道：「無事，天太熱了。行了，快回去吧，我有些渴了。」

蕭灼有些心虛地轉移話題，一手撫著臉，轉身往其華軒的方向走去。

沒走幾步，蕭灼又突然回身，一把抽走之前塞到惜言手中放著玉珮的檀木盒，回過身加快了步子。

惜言。「……」

回到院子，蕭灼喝了杯水，坐了一會兒，並未直接用晚膳。

今日蕭肅外出辦事回家，晚膳大概是要一家人一起去正廳用的，蕭肅也得順便問問這幾日家中的情況。

一想到又要看到蕭嫵和二夫人，蕭灼有些不耐煩。雖然現在面上不鹹不淡已不是什麼難事，但還是看著糟心。

到了晚膳時間，蕭肅身邊的人果然來叫蕭灼去前廳用膳，蕭灼已經準備好，應了一聲帶著兩個丫鬟去了。

到了正廳，其他人也差不多到了，蕭灼左右看看，並沒有看到景潯的身影。看來是已經走了。

蕭灼眼神暗了暗，有些失落。

一頓飯吃得中規中矩，蕭肅偶爾和二夫人說兩句，問問近日家中可有什麼事發生？三姨娘最近吃睡可好？再挨個兒關心幾句，沈悶又無聊。

蕭灼從頭到尾只專注於自己面前的飯菜，對於蕭嫵偶爾遞過來的眼神，理都沒理，等差不多結束了，就起身準備先回去了。

正準備和蕭肅說時，蕭肅卻率先開口道：「灼兒，妳留下來，為父有話和妳說。」

蕭灼愣了愣，點點頭。「是。」

蕭嫵和二夫人原本一直在擔心蕭灼會說那日在靈華寺的事，好不容易等到結束，見蕭灼沒說，兩人都鬆了口氣。現在聽到蕭肅要單獨留蕭灼說話，兩人的臉色都微微一變。

磨磨蹭蹭地出了正廳，蕭嫵拉了拉二夫人的袖子。

「娘親……」

二夫人安撫地拍了拍蕭嫵的手。「別慌，以蕭灼的本事，查不到證據的，她說了咱們不認就是，別自亂陣腳。」

蕭嫵點了點頭，勉強安下心。

正廳內，待只剩下蕭肅和蕭灼二人，蕭灼上前幾步，道：「爹爹讓女兒留下，可是有什麼事吩咐？」

蕭肅摸了摸蕭灼的頭，道：「灼兒，妳在靈華寺回府途中，遇到土匪的事，為什麼不和爹說？若不是潯世子今日提起，妳可是不準備告訴爹了？」

蕭灼一愣。

景潯？他怎麼會和爹爹說這些？

沒等蕭灼回答，蕭肅繼續道：「潯世子說他當日恰巧去靈華寺上香，所以剛好在場，明軒也在，聽那些匪徒說是受人指使，是不是？」

蕭灼眸子微微睜大。

她之所以沒說，就是覺得自己沒有證據，說了也會像上次落水的事一樣不了了之，說不定還會被二夫人反過來說心思不正，故意潑髒水什麼的。可若是從別人嘴裡說出來，那就大不相同了。

蕭灼心中震驚，但也知道得配合這大好機會，慢慢紅了眼眶，小聲說了一句。「爹爹，我害怕。」

蕭肅看著蕭灼一副受了委屈，又害怕得不敢說的模樣，眼中滿是心疼。

「莫怕，天子腳下竟然出了這樣的事，這不算小事，更何況還牽扯到了潯世子。潯世子的人和爹爹的人已經開始查了，一定將那些人揪出來，看看是誰在背後搞鬼。」

蕭灼愣住了，景潯不僅替她說了，還要幫她去查？

雖然知道這麼想有些自作多情，但蕭灼忽然有了一種……景潯是特意替她出頭的感覺。

# 第二十四章

蕭灼乖乖地任蕭肅軟語安慰了幾句，才道：「其實女兒是怕打擾到爹爹的事務，想著等爹爹回來再找機會說的，沒承想倒是麻煩了潯世子。」

蕭肅道：「這次的事多虧了潯世子，他也算是妳的救命恩人了，爹爹會備禮好好謝謝人家。妳以後見到潯世子也要多注意禮數，可不能再像今日這樣冒失了，嗯？」

蕭灼點點頭。「知道了，爹爹。」

蕭肅又摸了摸蕭灼的頭。「行了，回去吧，以後出去記得和爹爹說一聲，多帶些人。」

蕭灼低聲應了，福了福身，正要轉身回去，忽地想起什麼，停下了步子。

蕭肅見她停了下來，道：「怎麼了，灼兒，可還有什麼事？」

蕭灼抿了抿唇，將略顯緊張顫抖的手背到身後，語氣儘量自然地道：「爹爹，上次我無意中聽潯世子說，他小時候見過我？」

蕭灼問完，莫名有些緊張的看著蕭肅。原以為大概會得到一個簡單的見過或者沒見過的回答，卻沒想到蕭肅像是回憶起什麼似的，忽地笑了起來。

蕭灼不解。

蕭肅笑道：「是見過。當時咱們府與乾王府交好，妳出生和滿月的時候，景越都帶著小潯來了。妳小的時候特別喜歡漂亮的東西，一見到小潯就衝著人家格格笑。抓週的時候更是什麼都不要，一把抓住了站在一邊看著的小潯不撒手，給人家鬧了個大紅臉。後來妳會說、會走了，人家一來就追著人家喊漂亮哥哥，攔都攔不住。」

蕭灼。「……」

她原先也猜過她小時候說不定與景潯關係還不錯，所以景潯才會知道她的小名，卻沒想到背後竟然有這麼一段淵源。

那應該是她四、五歲之前的事了，蕭灼對這些已經沒印象了，可是景潯比她大四歲，肯定記得清楚。

真是……丟死人了，自己這輩子的臉估計都丟在景潯那兒了。早知道就不問了，以後叫她怎麼直視人家？

蕭肅像是回憶起當時的情景，忍不住笑了起來，笑了幾聲後，又有些懷念地嘆了口氣。

蕭肅的嘆息聲緩解了蕭灼尷尬的情緒，蕭灼抬頭，見蕭肅看著窗外的一個方向，有些出神。

蕭灼忽然注意到一個奇怪的問題。方才爹爹說的景越，應該就是乾王的大名，又親切地叫景潯「小潯」，可見以前安陽侯府和乾王府的確是挺好的，為什麼後來不來往了呢？

想到此，蕭灼咬了咬唇，忍了一會兒還是沒忍住，小聲開口道：「那……後來呢？」

「後來……」蕭肅回神，勉強笑笑，模糊地嘆了一句。「道不同不相為謀，所以就自然而然的疏遠了。」

見蕭肅的模樣應當是不願多說，蕭灼大概也能猜到八成是上一輩的事。這段時間，因為對景潯的好奇，蕭灼偶爾在他人的談論中聽到景潯的名字，總會多留意一些。

聽說景潯與皇上雖然從小交好，但是當時奪嫡之爭時，乾王卻是站在皇上的對立面，也就是四皇子一派。所以新皇登基後，乾王便從朝中消失了。或許正是因為這個，自家才與乾王府疏遠了吧。

不過猜測歸猜測，蕭肅不想說，蕭灼也就沒再問。再說那都是過去的事了，如今天下大定，今日看爹爹與景潯似乎相談甚歡，應該沒什麼矛盾了吧。

想到此，蕭灼莫名鬆了口氣，給蕭肅行了個禮，回去自己的院子。

夜晚，蕭灼躺在床上，翻來覆去的睡不著。

想到今日蕭肅和她說小時候的事，還是不自覺的臉蛋發熱。

實在睡不著覺，蕭灼乾脆起身，將放在床頭櫃中最底下的一個小布包拿到床上，打開布包，裡頭放著的，正是景潯那塊為她擋了箭的白玉珮的碎片。

玉珮的邊角已經被磨得十分圓滑，想來應該被景潯佩戴了很長一段時間。

蕭灼細細撫摸著玉珮上的紋路，回想當時驚險的一幕，還有景潯的那一聲「妙妙」，只覺得心裡似乎有什麼東西正在破繭而出……

翌日，蕭肅果然如昨日所說，命人備禮送去了乾王府。

蕭灼考慮再三，到底還是沒勇氣親手將玉珮送給景潯，於是讓惜言將那檀木盒放到了蕭肅的備禮中，一道送了過去。

惜言依言將東西送過去後，回來時手上多了張藍色的帖子。

「小姐，方才長公主府裡來了人，說是三日後長公主出宮入府，請各家公子、小姐去府上作客，熱鬧熱鬧呢。」惜言將手中的帖子放到蕭灼手中道。

大鄴朝的風俗，公主、皇子訂了親，便可出宮建府。長公主元清曲已在年關時與鎮國將軍的兒子晉辭訂了親。上次在宮裡，蕭灼也聽太后打趣說公主府即將建成。如今已經過了一個多月，也該建好了。

蕭灼揉了揉額頭，她昨日幾乎一夜沒睡，還睏倦著，接過帖子看了一眼，便放在了一邊。

「嗯，知道了，妳先下去吧。」

這種各家都會出席的皇家宴會，除非和宴會主人關係特別好，要另外花心思準備賀禮，基本上為了不出錯，禮物都差不多，不太需要她操心，只要她到時候帶著去即可。

蕭灼伸了個懶腰，正準備再小憩一會兒，卻見惜言又湊過來道：「小姐，我方才回來的時候，見二小姐那邊正在忙活著做新衣裳呢，估計是去公主府穿的，咱們要不也做幾件？」

蕭灼想了想，搖了搖頭。她以前不怎麼出門，櫃子裡還有不少衣服沒穿過呢，不用那麼麻煩。

正準備說不用了，話到嘴邊卻又轉了個彎。「妳方才說長公主給各家都下了帖子？」

惜言點點頭。「來人說長公主愛熱鬧，想給新府添添人氣，京中有品級的公子、小姐應該都會去。」

蕭灼心中一動，輕咳了一聲。「行，妳去和程叔說一聲，我也做一件衣裳。」

惜言歡快地應了一聲，正要轉身出去，又被蕭灼給喊了回來。

蕭灼看著惜言，輕嘶了一聲。「我說惜言，怎麼我做新衣服，妳比我還著急？」

惜言也不扭捏，實話實說道：「其實是因為上次那個梁小姐，奴婢聽說那個梁小姐以前做過長公主的伴讀，和長公主關係不錯，這次一定也會去。昨天在珍寶閣，她那麼說您，奴婢就想這次一定要把您打扮得漂漂亮亮的，壓她一頭，看她還說不說那些陰陽怪氣的話。」

原來如此，還好還好，她還以為惜言這丫頭是看出什麼了呢，可嚇死她了。

不過這也提醒了她，還有那個梁小姐。

想起昨天在珍寶閣的事，蕭灼有些頭疼。昨天她是衝動了些，那個梁小姐看著十分記仇，似乎有些難辦。

算了，長公主的帖子都來了，不去也不行，大不了繞著梁小姐走，不給她把柄抓就是了。

最終，蕭灼做了件杏色長裙，清新淡雅，因為料子輕薄所以層數多，再加上料子本身就有暗紋，沒有用多餘的繡花，精緻又低調。

去公主府之前，蕭灼本想與趙攸寧和蘇佑安同行，誰知蘇佑安的父親前些日子外派，她貪玩也跟著去了，所以暫時不在京中。蕭灼便約了趙攸寧，兩人與上次進宮一樣，同乘一輛馬車。
途中，蕭灼想了想，將自己重新謄畫的一張畫像拿了出來。
如今和她相熟的，只有趙攸寧了，趙攸寧有義氣，若是她說了這事，趙攸寧定會幫她。可是此事凶險未知，若是趙攸寧出了什麼意外，自己一輩子都無法原諒自己。
蕭灼思索再三，決定先從畫像入手，麻煩趙攸寧幫她找一找畫像上的人，後面的事她再自己想辦法。
趙攸寧看了看那幅畫像，二話不說就應了下來。
「行，我有個表哥，家中從商，產業頗多，路子也廣，我拜託他幫忙找找。」
蕭灼握住趙攸寧的手，眼眶有些紅。「攸寧，謝謝妳。」
趙攸寧噗哧一笑。「又不是什麼大事，等我找到人了，妳再謝我也不遲。」
趙攸寧將畫像收起來，轉過來看著蕭灼道：「對了，妳是不是和梁家小姐起了衝突，怎麼回事？」
蕭灼一愣。「妳怎麼知道？」
趙攸寧道：「昨天我去茶樓，不巧碰見她和孟余歡，言語間提到了妳的名字，還頗為不客氣，我就猜妳們是不是鬧得不愉快，所以問問。」
蕭灼有些無奈，把那天的事情簡單和趙攸寧說了。當然略過了玉戒指的部分，只說是一件她渴望很久的首飾，不捨得讓，所以起了衝突。

「原來如此。」趙攸寧撇了撇嘴。「這個梁婉仗著家世，自己又的確有幾分美貌，別人還都捧著她，所以囂張跋扈慣了，偏偏還沒有腦子。她無緣無故針對妳，八成是那個孟余歡挑撥的，兩人簡直臭味相投。不過孟余歡比她聰明多了，至少不會表面上過不去，這個梁婉可就不一樣了。」

趙攸寧說著，往蕭灼身邊坐近了些，道：「去年有個剛剛升調到京城的小官家的小姐，模樣不錯，第一次參加京中宴會時，因為陳家公子誇了她一句花容月貌，被梁婉聽見了，明裡暗裡當眾羞辱，還差點被推進水裡。其他人怕被針對，所以都不敢出頭，當時我也在，就給擋了回去。後來那位小姐便再也不出門了，沒過多久就遠嫁了。」

說完，趙攸寧露出個嫌惡的表情，皺著眉頭嘖了一聲。

蕭灼原以為這位梁小姐就是嘴上任性不饒人了些，沒想到還做過這些事。若是這樣，那就不僅僅是驕橫，說句心腸歹毒也不為過了。

「這個梁小姐不是還當過長公主的伴讀，和長公主關係不錯嗎？難道長公主不知道這事？」蕭灼奇怪道。

趙攸寧聳聳肩。「長公主平日在宮裡，大家不常見到，就算見到了，也沒人故意找梁婉的不痛快。」

說罷，趙攸寧掀開簾子看了看，回過身來拍了拍蕭灼的手，道：「妳這次得罪了她，以她那麼記仇的性子，今日八成會找妳麻煩，待會兒咱們一起，不要離我太遠，嗯？」

蕭灼笑眼彎彎地點了點頭。

公主府門前，已經有許多人抵達。

蕭灼和趙攸寧一前一後下了馬車，剛準備遞名帖進門，身後忽然傳來一個熟悉的聲音。

「欸，你別走那麼快啊，你還沒回答我的問題呢。你之前一直戴在身邊的那枚白玉珮呢？怎麼忽然換成青玉珮了？是不是哪個小姑娘送的？」

蕭灼和趙攸寧回頭。見說話的人手中摺扇輕搖，笑容燦爛中帶著一絲調侃，正是元煜世子。

而元煜調侃的對象則是走在他前面，一身白衣的景濤。

# 第二十五章

看到站在門口的蕭灼和趙攸寧，景澪的步子慢了下來。

趙攸寧微微福身，道：「見過澪世子。」說完發現蕭灼竟然愣愣地沒動，伸手輕拽了一下蕭灼的袖子。

蕭灼忽地回過神來，注意到景澪也在看她，忙低著頭行了個禮，快埋到胸口的臉逐漸開始泛上紅暈。

方才她聽到元煜說青玉珮，還說什麼小姑娘送的，下意識就往景澪的腰間看了一眼。沒承想今日景澪腰間佩帶的，正是她親手挑選混在那些禮物裡送去的那塊玉珮。

乾王府什麼好東西沒有？一塊玉珮想來也算不得什麼。本來她只是抱著補回那枚白玉珮的想法，甚至都做好那盒子根本不會被打開的準備。

沒想到竟然出乎她的預料。

蕭灼又偷偷抬眼看了景澪腰間的玉珮一眼，感嘆自己的眼光的確不錯，這玉珮和景澪的氣質很搭。景澪本身給人一種很清冷的感覺，而且喜歡穿白衣，再配上白玉珮就顯得更疏離，反而是青玉珮更鮮活一些。

蕭灼忽然有些慶幸自己之前的決定了，雖然沒有當面送他，當時還莫名的失落了一會兒，不過轉念一想，依潯世子的性格，若是她當面送，說不定會避嫌不會佩帶，如今這樣，也算是歪打正著？

蕭灼輕咬下唇，沒忍住偷偷笑了笑。

蕭灼心思電轉間，元煜已經幾步跟了上來。看到前面的蕭灼和趙攸寧後，元煜摺扇輕收，笑道：「原來是蕭小姐和趙小姐，有禮有禮。」

蕭灼和趙攸寧笑了笑，回了一禮。

元煜擺擺手，上下打量了一下二人，笑得更加燦爛。「幾日不見，蕭小姐和趙小姐似乎比上次見時更漂亮了一些，衣裳也是清新雅致，真叫人見之便覺賞心悅目啊。」

趙攸寧今日也是穿淺色衣衫，兩人站在一起，乍看跟一對姊妹花似的。

蕭灼和趙攸寧互看了一眼，心道怪不得都說煜世子花心愛玩，嘴甜如蜜不著調呢。上次在畫舫上她還覺得誇張了，合著是她們見識少了。

兩人都被這兩句話說得有些起雞皮疙瘩，呵呵笑了兩聲。「煜世子謬讚了。」

元煜很是自然地收下感謝，眼神掃過站在蕭灼身後的綠妍，輕「咦」了一聲。「這位難道就是之前救的那位綠妍姑娘？」

綠妍矮身行了個禮。「回煜世子，正是奴婢。」

如今，綠妍的禮數規矩都已經很標準了，所以蕭灼今日才會帶綠妍出來，特意帶她見見大場面，好鍛鍊一番。

元煜將扇子在手心輕點了點，看著綠妍，嘆道：「上次在船上太過混亂匆忙，都沒看清，原來綠妍姑娘竟也是個清麗佳人，早知道我就把綠妍姑娘留下來了。」

綠妍看了蕭灼一眼，默默往蕭灼後面躲了躲。

蕭灼笑道：「綠妍臉皮薄，煜世子莫要打趣她了。」

「可說夠了？」站在一旁的景潯終於忍不住出聲了，朝元煜投去了一個「閉嘴」的眼神。

元煜今日的心情估計是當真不錯，非但沒有停，反而意識到了什麼似的，嘿嘿笑了一聲。「當然不夠，今日我好不容易贏了你一局，還不允許我多說兩句了？我之前的問題，你還沒回答我呢。」

元煜看了他腰間的玉珮一眼。「快說，是不是哪個小姑娘送的？」

雖然篤定景潯不知道，聽到這句話，蕭灼還是心虛地抖了一下。

「那個……潯世子、煜世子，你們慢慢聊，我和攸寧先進去了。」蕭灼終於熬不住了，欠了欠身，決定先走為妙。

元煜看著兩人進了門，合上扇子，戳了戳景潯的胳膊。「欸，人都走了，別看了。」

景濤收回眼神，冷冷地看了元煜一眼。

元煜忍不住往後退了一步。「別這麼看著我，我這可是在幫你呢。小姑娘心思深又矜持，有時候是需要激一激的。萬一人家本來心思不定，一聽有別人送東西給你，這麼一刺激，就看到你的好了呢？」

元煜說了一通歪理，最後還是忍不住又湊近了些，一臉好奇。「不過說真的，我還真好奇這玉珮的來歷。你不是最念舊嗎？那玉珮跟了你那麼久，說換就換，肯定有貓膩。」

說到這，元煜覺得有些奇怪。如今景濤親近的人不多，他、皇上、景濤的師父晉將軍，其他頂多見過幾次面而已。而景濤的性子，對近身的東西挑剔得不行，他送的東西，景濤都不一定會放在身上，更何況是玉珮這類別有意義的飾品？

元煜忽地想到方才蕭灼那略有些急的步伐，腦中靈光一閃，睜大眼睛看看蕭灼離去的方向，再看看景濤，摸了摸下巴，壓低聲音道：「該不會是……」

後面的話元煜沒有說，但見景濤沒有反駁就差不多確認了，頓時興奮地又湊近了些。

「我說呢，怪不得，你進展這麼快？」

景潯斜了他一眼。「說來話長。總之，她以為我不知道這是她所贈，你若是說漏了嘴……」

「放心放心，保證不說漏嘴。」元煜連忙舉起雙手。「我就喜歡這種欲蓋彌彰、半遮半掩的感覺了，只要你下次再讓我贏一局，我還可以提供無償幫助……哎，怎麼又走了？」

景潯無語望天，默默加快了步子。

園內，趙攸寧不明所以地將手從蕭灼手中抽出來，問道：「怎麼了，阿灼，怎麼忽然這麼急著進來？」

蕭灼回頭看看，見那兩人沒跟過來，才微微出了口氣。還好天氣熱，她的皮膚又是那種一曬就容易紅的類型，完美地掩蓋了她的臉紅。

蕭灼擦了擦臉上的薄汗，道：「無事，我就是突然覺得有些渴，想先進來喝杯水，妳陪我一起去好不好？」

趙攸寧挽著蕭灼的胳膊。「走，正好我也有些渴了，咱們一起去正廳。」

公主府很大，長公主又是皇上的親妹妹，這公主府從去年就開始建，裡面的花園、殿宇，簡直可以算是縮小版的御花園和長公主居住的宮殿了。

蕭灼和趙攸寧邊走邊感嘆，這皇家的排場就是不一樣，處處透著氣度，就連花園裡的遊廊都能修得九曲十八彎，有的甚至還從假山底下穿過，每走幾步都能看到一方小小的風景。

不過好看歸好看，唯一的缺點就是太大了，尤其是對現在並不想賞景，只想喝水的蕭灼和趙攸寧來說。

兩人轉了半天，最後還是選擇找了個丫鬟帶路去正殿。正殿的名字也是使用長公主的封號，叫做「靜安殿」。

靜安殿內也是秉承了寬敞兩個字，外面太陽大，來的人都在殿內或休息、或交談，再加上來來往往伺候的侍女、僕從，一點也不覺得擁擠。

長公主喜愛花草，殿內兩旁都種了不少綠植，由於方位極佳，打開窗戶時還會有微風穿過堂中，帶著花草的香氣吹過，很是舒服。

兩人走進殿內，便有伺候茶水的侍女奉上清茶，兩人一人喝了一杯，這才覺得又活了過來。

蕭灼輕拭了拭嘴角，對奉茶的侍女道了句謝，抬頭打量起周圍。

蕭灼注意到靜安殿中央放了一個一公尺多高的九曲石池，池周很寬，池中種著水草和小睡蓮，最前端修成小瀑布的樣式，細小的水流不斷自瀑布上面流入池中，乍一看，就跟把林中的小溪流縮小搬入室內一般。

不過與小溪流不同的是，它的周圍還擺了一圈石凳。

蕭灼指指那小池子，問趙攸寧。「那是什麼？看著不像是景觀，是待會兒要用的嗎？」

趙攸寧往那邊看了眼，道：「那個估計是待會兒吃飯時用來行酒令的，類似曲水流觴。」

所謂曲水流觴，據說是以前的人在上巳日舉行祓褉儀式後，大家坐在河渠兩旁，於上游放置酒杯，使酒杯順流而下，停在誰的面前，誰就取杯飲酒，意為除去災禍、不吉。後來很多文人雅士用來飲酒作詩，到了大鄴朝則更多了作為酒令的玩法。

不過蕭灼以前只是聽過，這還是第一次見，尤其還是在室內。

趙攸寧道：「長公主估計也覺得外頭陽光大，所以弄了這個小的，形式倒是一點不缺。」

看到這個，趙攸寧倒是想起了一件事來。「阿灼，妳能喝酒嗎？」

蕭灼搖搖頭。「沒喝過。」

趙攸寧微微驚訝，世家小姐們雖比不得公子們，但因為要參加大小宴會的緣故，多少還是能沾一些酒的，蕭灼這樣完全沒喝過的很少。

蕭灼有些擔憂。「不喝的話，會有什麼麻煩嗎？」

趙攸寧拍拍蕭灼的肩膀，安慰道：「無事，這樣的場合，酒量不好的也不少，長公主應當也備了果酒，果酒和果汁差不多，妳少喝一些，應當無事。」

蕭灼點點頭，正要再問一些細節，身後忽地傳來一道透著輕蔑的聲音。「喲，這不是貌美心善的蕭小姐嗎？」

# 第二十六章

來人正是梁家小姐梁婉。

梁婉今日穿一身緋色曳地長裙，從髮飾到妝容都看得出是精心打扮過的，加上本就豔麗的容貌，更顯張揚。

相比之下，站在她旁邊，一身蔥綠色衣衫的孟余歡和藕色長裙的蕭嫵就顯得素淨多了。

其實不只是孟余歡和蕭嫵，今兒天氣熱，各家小姐們都不約而同選擇了淺色衣裙，一路走來，也就梁婉穿得最顯眼，倒是符合她的性子。

蕭灼看向和孟余歡一起站在梁婉後面的蕭嫵。怪不得今日蕭嫵出門得早，看來是等著在孟余歡和梁婉這兒看她笑話呢。

蕭灼和趙攸寧對視一眼，客氣地朝梁婉笑了笑。「原來是梁小姐，梁小姐有禮了。」

梁婉不屑地哼了一聲，上前兩步，上下打量了蕭灼一番，語帶嘲諷。「蕭小姐今兒的衣服不錯，挺別致，不知道是不是也是從誰手裡搶下來的呢？」

梁婉說話的聲音不小，周圍的人大約都能聽見。長公主等人還沒來，大家本來閒著，一看有熱鬧看，其中一個人還是梁婉，頓時都圍了過來。

蕭灼看著周圍越來越多的人，知道梁婉這是想當眾羞辱她，讓她下不了臺。

趙攸寧當然也明白，不耐地翻了個白眼，正想開口，蕭灼卻拉了拉趙攸寧的袖子，上前一步道：「梁小姐何出此言？」

梁婉看著蕭灼帶著笑意的臉，還以為她終於意識到自己得罪了不該得罪的人，認慫了，神情之間更顯得意。

「何出此言？好笑，我什麼意思，難道妳不知道？妳之前在珍寶閣搶別人看中的東西時，不是挺硬氣的？怎麼，現在慫了？」

周圍頓時傳來竊竊私語聲，她們本來以為又是梁婉一時看人不順眼，現在看來居然還有內情，似乎還是梁婉被人搶了東西，頓時更來勁了。

蕭灼看梁婉這咄咄逼人的模樣，知道想息事寧人估計不大行，遂上前一步，輕笑道：「梁小姐說笑了，且不說我並無奪人所愛的癖好，就算有，那也是某些強詞奪理之人杜撰出來的。梁小姐是黑白分明之人，想來定不會人云亦云，是不是？」

話音剛落，人群裡的竊竊私語聲靜了一瞬。

好傢伙，這一席話明褒暗貶，面上是梁婉黑白分明，被別人瞎傳的話給騙了，實際上根本就是說梁婉強詞奪理，是非不分來著。
沒想到這位蕭家小姐看起來柔柔弱弱的，實際上還真伶牙俐齒，膽識過人。就連蕭嫵都有些驚奇地看了過來。
梁婉依然如上次一般，一時反應不及，但是看其他人的表情也知道不是什麼好話，還是當著這麼多人的面，臉都快綠了。
「妳這意思，是說我誣衊妳了？」
蕭灼微微一笑。「不敢，梁小姐想多了。」
梁婉看蕭灼那淡定自若的模樣，再回想自己屢屢被她堵得說不出話的樣子，頓時氣血上湧。從來只有別人忍著、順著她的分，這還是第一次有人敢和她對著幹。
此時周圍偶爾響起的私語聲，聽在梁婉耳中都像是對她的嘲笑聲。
梁婉咬了咬牙，舉起手來就想給蕭灼一巴掌。
周圍頓時傳來一陣輕微的抽氣聲。
卻沒想到在梁婉舉起的手將要落下的一瞬，忽地膝蓋一軟，哎喲一聲差點摔到地上，幸好被她身後不遠處的丫鬟跑上前來扶住了。
周圍的抽氣聲瞬間轉為一陣低笑。
同時，站在蕭灼身邊的趙攸寧也反應了過來，上前一步擋在了蕭灼前面。

「梁小姐，這裡是公主府，不是梁府，請梁小姐三思而後行。」趙攸寧冷冷道。

「妳！」梁婉氣得眼睛都紅了，正要推開丫鬟的手找回場子，門口忽地傳來一聲清亮且帶著些威嚴的女聲。

「怎麼了？都圍在一起做什麼？」

眾人回頭，看到來人，紛紛跪下行禮。

「拜見靜安長公主。」

長公主在侍女的簇擁下走過來，跟在後面進來的，還有景潯和元煜。

看到後面兩人，跪在地上的眾人心裡又是一陣激動。她們聽說長公主給各家子弟都下了帖子時，就在猜測煜世子和潯世子會不會過來，來赴宴的一半因素也是因為他們，有幾位姑娘甚至已經悄悄的紅了臉。

長公主走到殿中，看看圍了一圈的人，再看看跪在中間的蕭灼、趙攸寧和梁婉，眉宇微皺。

「這是怎麼了？在殿外就能聽到裡面的喧譁聲。」

梁婉在景潯進來之後，眼神就黏了上去，聽到長公主說話，才堪堪收回了視線。看了旁邊的蕭灼一眼，梁婉冷笑一聲，揉了揉通紅的眼睛，由丫鬟扶著走到長公主面前，欠了欠身。

「公主殿下，是阿婉一時衝動，與蕭小姐起了口角衝突，已經沒事了，公主殿下莫怪。」

委屈乖巧的聲音，與方才簡直判若兩人。

這句話也將其他人的心思，從元煜和景潯身上拉了回來，或幸災樂禍、或擔憂忐忑地看向蕭灼。

梁婉可是長公主的伴讀，在長公主面前又一向是一副乖順討巧的模樣，長公主八成是站在梁婉那一邊，這個蕭小姐估計要吃虧了。

有些被梁婉欺負過的人早已經站在蕭灼這邊，悄悄在心裡替她捏了一把冷汗。

長公主伸手將梁婉扶了起來，梁婉有些洋洋得意，等著長公主開口問她是什麼事，自己好說道一番。卻沒想到長公主將她扶起後，卻徑直繞過她，將跪在地上的蕭灼也扶了起來。

眾人驚訝地看著這一幕，一時都愣在原地。

蕭灼心裡原本也忐忑著，見長公主過來扶她，有些受寵若驚，起身行了個禮，恭敬道：「多謝公主殿下。」

長公主回過身來，看著周圍其他人。「說吧，到底是怎麼一回事？」

眾人面面相覷，如今的情形顯然超出她們以往的認知，一時竟然沒有人敢出來說話。

見沒人說話，長公主便隨手點了一個在場的侍女，道：「妳來說。」

那侍女是長公主從宮中帶出來的，自然沒有其他人的擔憂，走上前來如實將方才的情形，以及兩人間的對話重複了一遍。

長公主皺著眉看向梁婉。「阿婉，妳說蕭小姐搶了別人東西那事，到底是怎麼回事？」

蕭灼原本擔憂長公主會偏幫梁婉，如今見長公主似乎不是個認親不認理的人，膽子也大了些，先開口答道：「不是的，長公主殿下，那日在珍寶閣，我見梁小姐已經將飾物放回去才過去拿的，並未有搶奪之嫌，若長公主殿下有疑，儘可去問珍寶閣的掌櫃。還請長公主殿下明鑒。」

長公主點了點頭，語氣加重了些。「阿婉，蕭小姐這話可是事實？」

梁婉渾身一抖，不明白事情的走向怎麼和她所想的完全不一樣，愣在原地半天，也沒支吾出一句話來。

長公主見她支支吾吾的樣子，知道八成是真的，有些失望道：「阿婉，這些日子我偶爾出宮，碰到幾次別家小姐對妳都頗有微詞，但妳平時在我面前一向知禮，我也不曾相信，如今看來那些話倒是有幾分可信了。」

梁婉這下真的慌了，她之所以敢這麼猖狂，一半的原因都是因為她與長公主交好，若是失去這層關係，再好的家世也替代不了。

此時她也顧不得面子，忙跪下認錯道：「公主息怒，阿婉也是一時糊塗，鑽了牛角尖，這才起了衝突。是阿婉錯了，以後定然不敢了，還請公主莫要生阿婉的氣了。」

梁婉到底不是全無腦子，一番話說得真情流露，哭得梨花帶雨，再加上本就出色的容貌，任誰看了都會動容。

長公主畢竟有與她從小認識的情分，更何況還有梁婉的母親泱國公主的面子，不會真的生氣，點到為止即可。

長公主伸手將人扶了起來，並讓周圍其他人也都平了身，道：「好了，此事到此為止，各位都是來參加本公主的喬遷之宴的，莫要為一些小事壞了興致。」說完轉向梁婉道：「今日的事我就不追究了，阿婉以後萬不可再衝動行事了，記住了嗎？」

梁婉擦了擦眼淚，乖巧的點了點頭。

長公主這才滿意，揮揮手讓大家散了，隨後轉向蕭灼，笑了笑道：「阿灼，我可以這麼叫妳嗎？」

蕭灼不知道長公主為何忽然對她如此親近，愣了一瞬想要行禮，被長公主輕柔地擋了回來。

「不必多禮，母后與喬姨情如姊妹，若不是妳從小不宜出府，咱們倆合該一起長大才是，不過好在現今也不算晚，若是妳願意，就把我當姊姊好了。今日這事，妳受委屈了，不要放在心上，嗯？」

蕭灼惶恐地點了點頭，道：「公主殿下厚愛，蕭灼榮幸之至。至於今日之事，也有我的錯，公主殿下不怪罪就好。」

長公主拍了拍蕭灼的手，仔細地瞧著蕭灼的眉眼。不知為何，她看著蕭灼總有一種莫名熟悉、親近的感覺，讓她想要不自覺去護著蕭灼。其實上次在宮裡她就有這種感覺了，只不過這一次更加強烈。

蕭灼見長公主一直盯著她，心中奇怪，但也不敢問，直到長公主看著看著，莫名嘆了口氣，才終於放開，道：「行了，妳先自己坐坐，需要什麼直接吩咐下人就好。」

兩人說話的時候，梁婉一直在不遠處看著，手中的帕子差點被她絞碎。

沒想到這個蕭灼本事果真不小，竟不知何時連長公主也攀上了。梁婉眼神掃過坐在不遠處的元煜和景濤，狠狠地咬了咬牙，恨不得立刻把蕭灼給撕碎。

今日她不僅在這麼多人面前丟了臉，更重要的是還當著景濤的面，這個仇，她無論如何也要討回來。

不過在此之前，更重要的還是先挽回她在長公主心中的形象。

見長公主終於轉身要走，梁婉立時換上一副笑顏，湊了上去。

「公主殿下，阿婉陪您一起？」

長公主看了她一眼，想到方才的事的確說得重了些，遂沒有拒絕。

梁婉眼睛一亮，殷勤地跟了上去。

# 第二十七章

待到長公主等人走遠了，蕭灼和趙攸寧才鬆了一口氣。

趙攸寧拍了拍胸口。「剛才可真嚇死我了，還好有驚無險。不過阿灼，妳什麼時候和長公主關係這麼好的？」

其實蕭灼感覺也有些不大真實，道：「應當是因為我娘親的緣故，娘親與太后娘娘交好，不過我除了上次在宮中，這次是第二次見到長公主，方才我也挺意外的。」

想到方才的事，兩人的心情簡直可以用大起大落來形容，不過最後這個走向，趙攸寧十分滿意且解氣。

「算了，不管是什麼原因，反正我瞧長公主對妳頗有好感，有了這層關係，以後無論是梁婉或其他小姐想要找妳麻煩，都得忌憚三分，總歸是好事。」

趙攸寧說著，想起方才蕭灼回梁婉的那幾句話，拿手肘撞了撞蕭灼的胳膊，驚奇道：「哎，阿灼，沒看出來啊，妳什麼時候這麼會說話了？妳剛才懟梁婉的那幾句話簡直一針見血，我看那梁婉的臉都快綠了。還有後面妳和長公主說話的時候，真是勇氣可嘉，我都替妳捏一把汗。」

蕭灼不好意思的笑了笑。「畢竟是她挑釁在先，而且這麼多人在場，總不能任人辱罵，所以就還回去嘍。至於長公主，我覺得長公主沒有先聽梁婉的一面之詞，而是問了旁觀的人，十分明事理，所以就說了。」

其實除此之外，蕭灼那麼急著解釋，還有另外一個原因。

蕭灼微微偏頭，往景潯那邊飛快地看了一眼。本來她覺得這事全靠梁婉加油添醋，知道梁婉性子的人最多就是看個熱鬧，不會往心裡去，所以將梁婉的諷刺原樣懟回去就行，並未打算特意當眾解釋。

但是景潯進來後，蕭灼忽然就改變了主意。

這個原因聽著讓人怪難為情的，蕭灼抿了抿唇，掩去眼中的不自然。

趙攸寧並未發現蕭灼的小動作，解氣地拍了下手道：「的確，沒想到長公主這麼平易近人，明辨是非。以往長公主因為住在宮裡，外面的人不常見到，所以才被梁婉藉著名義狐假虎威這麼長時間，都無從得知。但是經過今日這一齣，我看梁婉以後還敢不敢告黑狀。」

想到此，趙攸寧一臉讚賞地朝著蕭灼豎了豎大拇指。「真棒，原先我還想著要護著妳的，現在看來以後妳護著我也不差。」

蕭灼噗哧一笑，拍了拍趙攸寧的胳膊，道：「好了，咱們找個位子坐會兒吧，這情緒一會兒起、一會兒落的，妳不累嗎？」

蕭灼這麼一提，趙攸寧倒真有些累了，正準備瞧瞧哪裡還有空位，沒想到一轉頭，就看到站在不遠處的立柱後，看著她們的孟余歡和蕭嫵。

見趙攸寧忽然停下動作，蕭灼抬頭。「嗯？」

趙攸寧朝孟余歡和蕭嫵的方向示意了一下。「喏。」

蕭灼抬眼看去，孟余歡和蕭嫵已經走了過來。

孟余歡輕拍了拍手。「沒看出來啊，原來蕭小姐還有這樣能言善辯的一面，如今更是連長公主都能攀上交情，以往倒是我眼拙了。」

趙攸寧翻了個白眼。「妳眼拙也不是一天、兩天了，用不著來特意強調，我們都知道。」

梁婉的家世身分，趙攸寧多少忌憚三分，所以不敢正面說回去，但是孟余歡她可就不怕了。

見孟余歡被她說得一噎，趙攸寧雙手環胸，輕快地笑了笑。「我說孟小姐，說到攀權附勢的本事，妳也不遑多讓。梁小姐為什麼無緣無故找阿灼的麻煩，妳可別說妳不知道。」

孟余歡神情一滯，正色道：「趙小姐，妳說話可得有證據，別胡亂血口噴人。」

趙攸寧呿了一聲。「我有沒有血口噴人，妳自己心裡清楚。其實比起梁小姐直接魯莽，孟小姐這樣背後捅刀子的反而更招人煩，哦？」

「妳！」孟余歡臉上笑意盡失，因顧忌著場合，忍住了想要罵人的衝動，冷笑了一聲。「別以為現在攀上長公主這棵大樹就能為所欲為，我看妳們還能得意多久。阿嫵，我們走。」

趙攸寧對孟余歡的背影冷哼了一聲，目光掃過孟余歡身邊的蕭嫵，有些擔憂的看了蕭灼一眼。

方才她就發現了，蕭灼和蕭嫵的關係和上次相比已經徹底變了。之前幾次蕭灼與蕭嫵不論實際關係如何，面上至少還說得過去，可是這一次竟然連面上的功夫都不做了。

這中間一定發生了什麼事。

想到此，趙攸寧輕聲問：「阿灼，妳……」

蕭灼此時看到蕭嫵，心裡早已經無波無瀾了，她之所以一直沒說話，是因為注意到方才梁婉所站地的不遠處散落的一顆小珠子，有點像是珠花上面鑲嵌的那種。回想起之前梁婉要打她時，忽然扭了一下，總覺得有些不對勁。

聽到趙攸寧喊她，蕭灼猛地回過神。「嗯？怎麼了？」

這畢竟是人家的家事，趙攸寧其實不宜過問。她從第一次見到蕭嫵，就覺得蕭嫵對蕭灼並不像面上看起來那樣好，如今若是蕭灼真認清且遠離她了，那反倒是好事。

見蕭灼的確不像失落的樣子，趙攸寧放了心，指了指另一邊靠窗的兩張空桌椅。「那邊剛好有空位，我們過去坐一坐，休息一下。」

蕭灼又看了那珠子一眼，應當是自己多想了，遂沒再理會，點點頭跟著趙攸寧一起往桌子那邊走去。

另一邊，連看了兩場戲的元煜，意猶未盡的咂了咂嘴。「沒想到過來赴個宴也能看到這麼好玩的一齣戲，總算是沒白來。」

景潯見他還止不住地往趙攸寧和蕭灼那兒看，手中的茶杯磕在桌上，發出一聲清脆的聲響。

元煜意猶未盡地收回眼神。「好了，不就是多看了一眼嗎？這麼小氣。不過話說回來，沒想到蕭三小姐看著柔柔弱弱的，說起話來卻這麼有條有理，果真人不可貌相，還真挺符合我的胃口。」

元煜話音剛落，周身忽地感覺到一股涼氣，立刻改了口。「欣賞，是欣賞。」

待景潯終於收回帶著涼意的眼神，元煜才鬆了口氣，小聲嘟囔道：「你也就會跟我逞威風了，在人家姑娘面前，怎麼不見你這麼硬氣？就只會暗戳戳地做一些小動作，還不敢告訴人家。」

景滜。「……」

終於扳回了一局，元煜渾身舒坦，搖著扇子得意地笑了笑，目光再次往對面飄去，不過不是落在蕭灼身上，而是落在蕭灼對面的趙攸寧身上。

外柔內剛的姑娘他不能看，那外剛內也剛的姑娘，他總能看看了吧？

約莫過了半個多時辰，長公主檢查完了一圈，確認宴席所需的一切都已準備妥當，同時人也都到齊了，便回到正廳，宣布小宴即刻開始。

大鄴朝的習俗，喜宴分為單宴和雙宴。具體是哪一種，由主人家自行決定，但是雙宴比單宴更為隆重。

長公主這次下的帖子上寫的是雙宴——雙宴，即午宴和晚宴全都備下。午宴稱為小宴，午時開始，以玩樂為主；晚宴稱為大宴，怕天黑不便，所以申時中即開始。

正如之前趙攸寧所猜想的一樣，長公主先是說了幾句歡迎詞，隨後便引大家走到了「曲水流觴」的「石溪」邊。

長公主笑道：「今日是本宮出宮入公主府的第一天，所以請各家小姐過來熱鬧熱鬧，添添人氣。本宮覺得光是吃飯、聊天未免俗氣了些，所以便著人造了這『石溪』，不知用『曲水流觴』這一遊戲做行酒令，大家可有興趣？」

眾人進來看到「石溪」，心裡也大多猜到了，長公主一說，自然紛紛附和。

這次的座位並未像上次在宮中一般按家世安排，這一點蕭灼十分高興，自然選擇和趙攸寧一道。

梁婉搶先坐在了長公主的右邊，孟余歡和蕭嫵挨著她落坐。

蕭灼和趙攸寧則等她們落坐後，自動往後面移了兩個位子。

兩人落坐後，蕭灼接著之前沒問完的話，繼續讓趙攸寧說了說以往她玩這個遊戲的經驗，說完後一抬頭，發現不知何時景潯和元煜竟然坐在了她們的對面。

蕭灼和趙攸寧一時都愣住了。

這兩人的身分，應該挨著長公主坐才是，怎麼坐到這兒來了？

長公主也發現了，站起身來看著元煜道：「阿煜，你們怎麼坐到那兒去了？」

元煜無辜地指了指蕭灼和趙攸寧後面的窗戶。「公主表姊，今日我衣裳穿多了，熱得很，這個位置剛好通風。」

長公主聞言，無奈地看了他一眼。「真拿你沒辦法。」

元煜笑得乖巧，抬手朝蕭灼和趙攸寧打了聲招呼。

蕭灼禮貌地回以一笑，看了看坐在元煜旁邊，一如既往淡然的景潯，默默擦了擦手中的汗。

同樣被這一發展驚到的，還有梁婉和孟余歡。

她們以為元煜和景潯會坐在長公主身邊，所以才這麼快地挑了這個位子，沒想到竟然是這個走向。

蕭灼，又是蕭灼！梁婉狠狠地咬了咬下唇，怎麼每次都有她？

孟余歡則是默默地喝了一杯涼水，看著一旁手都有些發抖的梁婉，將自己眼中的情緒緩緩按捺了下去。

大家都落坐後，長公主再次開口道：「雖然酒令的形式是確認好了，但是令題還是得大家一起來選擇，詩詞歌賦對，不知各位喜歡哪一種？或者咱們抽籤決定？」

梁婉早等著長公主說這一句，深吸了口氣，掩去眼中的陰鷙，看了正在喝茶的景潯一眼，笑眼彎彎地起身道：「公主殿下，阿婉倒有一個好點子。」

# 第二十八章

經過梁婉方才的一番服軟認錯，長公主的氣差不多已經消了，聽罷饒有興味地看著她。「什麼點子？說出來聽聽。」

梁婉微微福身。「回公主殿下，阿婉兩年前經過蜀地，在那邊過了一次上巳節。那邊的行酒令也愛用溪水，而且還特別添加了彩頭。」

從未聽說行酒令還添加彩頭的。眾人聞言，紛紛將目光投到梁婉身上，連原來興致不高的幾個人眼中也多了好奇。

梁婉繼續道：「所謂彩頭，便是參加的人事先選定自己認為身上最貴重的一件東西，並自己出一道題目，詩詞歌賦、對聯、字謎皆可，將題目與物件一起放在酒盞或其他器皿中，打亂後從源頭投入溪水裡，由其他人任意挑取。若答出了挑取的題目，則可贏取物件，出題者罰酒一杯；若答不出則歸還物件，並自罰一杯。阿婉當時便覺得這遊戲十分新奇有趣，據說當地人還經常拿這個來打趣姻緣之說呢。」

說完最後一句，眾人眼中除了之前的新奇，更是隱隱多了一絲激動。

今日來的公子、小姐，大多都還未訂親嫁娶，尤其是有些門戶低一些的姑娘，多是抱著多認識一些高官子弟的想法來的。反之，一些寒門子弟也一樣。

更何況今日元煜和景潯也在席上，就連平時眼高於頂的小姐，都悄悄動了小心思。可是畢竟男女有別，規矩束縛，就算心裡有小心思，面上也不敢表現出來，就連今日的座位，大家也都公子、小姐自成一排。如今梁婉這一席話，倒是恰好迎合了大部分人的心思。

梁婉說完，看著長公主。「公主殿下覺得這個點子如何？」

長公主方才就是詢問大家的意見，如今自然也將這個問題拋給了大家。

各家小姐互相看了兩眼，無一例外地紛紛附和。

梁婉早就猜到這個結果，偷偷抬眼往景潯那邊看了一眼，滿意地坐了回去。

長公主笑道：「既如此，那咱們就用阿婉的這個法子，的確是十分新穎。」

說罷，長公主抬了抬手，吩咐下人備下能浮在水中的廣口琉璃盞和筆墨紙箋，分散著放在周圍的桌子上，讓眾人各自準備好自己的物件及題目。

梁婉一邊提筆蘸墨，一邊朝自己身後的丫鬟使了個眼色。

丫鬟會意，趁眾人埋頭提筆的空檔，悄悄轉到了另一邊。

元煜對這個遊戲雖然也感興趣，但顯然並不是很想遵守規矩，一邊寫，一邊小聲和景潯打趣。

「哎，你有沒有覺得梁小姐提這個遊戲，其實是衝著你來的？你可別裝不知道，剛才她都偷偷瞟你好幾回了。」

景潯自顧自地提筆寫下自己的題目，用行動代替了沈默。

好在元煜早已經習慣了，本來也沒準備要他回答，正要順勢湊過去看看他寫了什麼，眼神就瞟到不遠處立柱後面，偷偷往這邊看的一雙眼睛。

元煜噗哧一笑。「果然如此，你這才回來多久，連梁小姐這樣的都能招惹上，這個梁小姐可不是個省油的燈，以後可有好戲看嘍！」

元煜的語氣裡十足十的幸災樂禍，自顧自地笑完了，才發現景潯不知何時停下了手裡的筆，看著他的眼神若有所思。

一股莫名的寒意自元煜心中忽地升起，元煜不自覺往旁邊退了兩步。

「你、你這麼看著我做什麼？」

不多時，眾人都準備好了自己的東西，由侍女統一收回，打亂後放入緩緩流動的石溪中。

眾人回到自己的位子坐下，看著琉璃盞中各種各樣的東西，心下紛紛猜測。

梁婉的丫鬟回到梁婉身邊，附耳過去輕聲說了幾句話，梁婉聽罷，看向不遠處的一個琉璃盞，慢慢露出了笑意。

孟余歡看著梁婉一臉的志在必得，臉色微微一變。

長公主回到主位坐下，看了眾人一圈，道：「哪位願意先來？」

蕭嫵進公主府之前就記住了二夫人說的，讓她與長公主攀上交情的叮囑。只可惜長公主一來就被梁婉搶先霸占了去，又看到長公主對蕭灼親近，心裡早就憋著一口氣，現在逮著機會，便率先開口道：「今日是長公主殿下喬遷進府之喜，不如就由長公主殿下先首，臣女等也學習觀摩一番。」

孟余歡見梁婉欲言又止，笑著附和了一句。

眾人自然也不放過這奉承的機會，紛紛應和。

長公主笑道：「既然如此，那本公主就先挑選了。」說著，微微起身，看著溪流中琉璃盞裡各式各樣的東西。

她已經訂了親，自然沒其他心思，看了眼便隨手挑了一個一看便是姑娘家戴的珠花的琉璃盞，將其撈了起來。

好巧不巧，這個琉璃盞正是蕭嫵的。

蕭嫵看著長公主將其拿起，心中難免激動，但還是面色平靜地看著長公主將盞中的紙箋拿出來展開。

蕭嫵寫的是一個字謎。

「古月照水水長流，水伴古月度春秋。留得水光昭古月，碧波深處好泛舟。」

長公主緩緩將紙箋上的謎面讀出來，略微思索了一番，道：「謎底是『湖』，對不對？」

蕭嫵這才起身，行了個禮道：「長公主博文，臣女獻醜了。」隨即給自己滿上了一杯果酒，一飲而盡。

長公主見是蕭嫵，也有些微訝，算是第一次仔細打量了蕭嫵一番，誇讚了一句。

「很精巧的謎面，承讓了。」

蕭嫵心中一喜，恭敬地福了福身，坐了回去。

底下的人見蕭嫵得了長公主的誇獎，羨慕且遺憾的同時，心裡的期待也開始騷動了起來。

長公主禮貌性地將那朵珠花，放到了自己的桌邊。

第一個人解謎完，按規矩應當要指定下一個人。長公主環視了一圈，見身旁的梁婉看著她，一臉躍躍欲試的模樣，笑道：「既然這個遊戲是阿婉提出來的，那就換阿婉吧。」

梁婉眼中頓時一亮，嘴角的笑意幾乎抑制不住，起身謝過後，裝模作樣地看了一會兒，隨後生怕有人搶似的，一把撈起與她相隔得有點遠，放著一塊繡花絲帕的琉璃盞。拿起來的同時，還飛快地看了景濤一眼。

其他人看著梁婉臉上明顯洩漏出的喜色，心中不免疑惑。有反應快的已經猜出了大概，氣怒又不甘地看著梁婉手中的琉璃盞。

蕭灼也注意到了梁婉的小動作，猜到她大概是做了什麼手腳，雖然知道這並不代表什麼，可心裡還是有些不舒服。

她偷偷抬眼看向對面極有可能被做「手腳」的景濤，卻見他一臉事不關己，從頭至尾自顧自地喝著茶，連個眼神都沒往梁婉那邊投去，蕭灼心裡的那點不舒服，奇蹟般地消散了一些。

也對，人家都不關心，她在這兒關注什麼？不過是條普通的帕子而已，沒什麼大不了。

話是這麼說，但是蕭灼的眼睛還是不由自主地投到了梁婉身上。

梁婉迫不及待地拆開了紙箋。

當看清上面的謎面後，梁婉嘴角的笑意微微僵硬。

但是眾人的目光都在她身上，縱然覺得不對勁，梁婉還是硬著頭皮將那題目讀了出來。

也是一個謎語，不過不是字謎，而是詩謎。

「春滿大地，打一詩詞。」

梁婉雖然不是才華滿腹，但從小也被家人逼著讀了不少書，這詩謎不難，她一看便得出了答案。也正是因為知道了答案，梁婉的神色更猶豫了。

梁婉再三確認自己沒看錯，才慢慢說出了答案。「天涯何處無芳草。」

話音一落，景潯身邊的元煜便倏地一下展開扇子，邊搖邊站起身道：「梁小姐果真博學，佩服佩服！」

被佩服的梁婉卻直接愣在了原地。

元煜豪爽地乾了一杯，放下酒杯正準備坐回去，卻見梁婉依舊站在那裡，看看手裡的絲帕和紙箋，再抬頭看看他，一臉的不可置信。

「這、這怎麼可能？這難道不是……」

元煜挑了挑眉，道：「梁小姐怎地如此表情？莫不是嫌棄本世子的東西不夠貴重？這條繡花錦帕可是本世子當年遊江南時，由江城最有名的花魁所贈，繡花也是她親手所繡。這麼多年本世子一直帶在身上，若不是今日是公主表姊的宴席，本世子才不會拿出來呢，這對本世子來說可是無價之寶！」

說完，元煜彷彿想起了什麼似的搖搖頭，不捨且惋惜地嘆了口氣。

底下靜默了一瞬，忽地發出了一陣強忍著的低笑，就連長公主都沒忍住，偏頭笑了出來。

梁婉的臉再一次綠了個徹底。

# 第二十九章

趙攸寧抓著蕭灼的一隻胳膊，憋笑憋得差點彎下腰去，蕭灼伸手扶著她，自己也沒忍住彎了唇角。

就連孟余歡和蕭嫵從驚訝中緩過來後，也悄悄低下了頭。

梁婉臉越來越黑，看著解釋完也不顧大家的反應，直接坐下去開始嗑瓜子的元煜，再看看手中「花魁所贈」的無價錦帕，扔也不是，不扔也不是。

最後還是長公主最先止住了笑意，理了理衣襟，輕咳了一聲。

底下頓時安靜了下來。

長公主瞪了元煜一眼。「就你歪理多，阿婉不要理他，快坐下來，指定下一個人吧。」

梁婉總算得了臺階，看著依舊雲淡風輕的景潯，不甘地坐了下去。一坐下就將手中的那條帕子放到桌邊最遠的地方，順手撞了一下旁邊的孟余歡。

「妳來吧。」

孟余歡早有準備，從容地起身向長公主行了個禮，視線從琉璃盞中的東西上一一掃過，猶豫再三，挑了一塊顏色素淡但很精緻的壓襟。

打開放在一起的紙箋，孟余歡期待的眼神黯淡了下去。

題目是以梅花為題作一首詩，不難，甚至可以說得上老套，所以這紙箋的主人定然不是她所想的那一個了。

孟余歡心中失望，隨便作了一首。說完後果然是一位她沒見過的公子站了起來，那人自罰一杯後，還順勢對孟余歡的文采大加讚賞。只可惜孟余歡並不想領情，客氣地笑了一下便坐回去，順手指了旁邊的蕭嫵。

與孟余歡相同，蕭嫵也是滿懷期待地選了又選。只不過她與孟余歡不同，蕭嫵是奔著討好長公主去的。只可惜，天不從人願，結果卻是一位她不曾注意過的小姐。蕭嫵強笑著答完題，和那位小姐客套了一番，然後為了省麻煩，直接指了那小姐。

後面的人小心思相對要少一些，且隨著起來的人越來越多，玩得熟練了，氣氛開始越來越熱鬧。

由於水中的琉璃盞越來越少，而且長公主、景澪，以及孟余歡、蕭灼等高門小姐的東西還沒有被人挑到，氣氛熱烈的同時也越來越緊張。

蕭灼和趙攸寧對視了一眼，兩人心中都沒什麼緊張感。

其實她們兩個看了對方的題目，而且為了降低存在感，同時選擇身上最普通的禁步，並約定若是被指到，就互相選對方的。

事實證明她們的選擇是對的，大家選擇東西時，難免會從物件上猜身分，對於不起眼的，自然就忽略了。更巧的是，她們倆的琉璃盞剛好就停在景潯面前。景潯周圍自帶一股生人勿近的氣場，所以就更安全了。

兩人一邊嗑著瓜子，一邊隨著周圍的叫好聲一起鼓掌，反而成了最開心看戲的人。

終於，一位膽子稍微大些的小姐在完成自己的題目後，與旁邊要好的小姊妹對視了一眼，鼓起勇氣看著景潯道：「下一位，便由潯世子來吧。」

話音一落，歡鬧的聲音忽地滯了一下，紛紛看向參與感一直不強的景潯。

蕭灼嘴角的笑意也僵了一下，一直黑著臉的梁婉和孟余歡更是同時抬起了頭。

那位說話的姑娘說完臉就紅了個透澈，還好景潯給面子，聞言便放下酒杯，站了起來。

那姑娘見他站了起來，鬆了口氣，忙坐回去低下頭，兩隻眼睛卻還是忍不偷偷住那邊覷。

景潯起身向長公主一禮，隨後將視線投到自己面前的琉璃盞中。

蕭灼就在景潯對面，眼神左右飄忽了一下，最終還是不自覺抬眼看向景潯，卻沒想到正好與景潯的眼神撞了個正著。

蕭灼還沒來得及反應，景潯已經極快地收回視線，微微彎腰拿起正停在他前面的那只琉璃盞。

這動作就發生在一瞬間，在他人眼中看來，就像是景潯懶得挑，所以隨便拿了一個離自己最近的。

只有正對著景潯且一直看著他的蕭灼，注意到景潯嘴角微微勾起的一抹笑意，臉霎時紅透了。

蕭灼強烈覺得，景潯怕是故意的。

眾人看著景潯將那琉璃盞放在桌前，從裡面拿出一枚普通的禁步，紛紛失望。看來潯世子的確就是隨手一撈，當個任務完成了。

唯有蕭灼的臉頰越來越熱，愣愣地看著景潯拿起她的琉璃盞，兩手輕輕展開。

謎面是一副風景對聯。「如月當空，偶以微雲點河漢。」

景潯唇角微勾。「在人為目，且將秋水剪瞳神。」

平仄相對，上下工整，同樣都是以他景相對應比擬，而且更為巧妙。

景潯身形修長，原本就不似其他習武之人那樣魁梧健碩，更像是一個氣質冷然的貴公子。這一舞文弄墨起來，少了幾分平日裡的淡漠疏離，倒多了幾分書生才子意味。

話落，底下沈寂許久，見遲遲沒有人來認領，都開始左右環顧。

趙攸寧輕推了下還傻愣著的蕭灼。「阿灼，到妳了。」

蕭灼猛地回神，顧不得早已紅透的臉，慌忙站了起來。

眾人見是蕭灼，頓時一片譁然，紛紛羨慕地看著她。

蕭灼穩住心神，欠了欠身。「潯世子好文采。」

說完慌忙拿起手邊的酒壺，沒怎麼看就倒了滿滿一杯，一口喝了下去。酒液入喉才驚覺有些不對勁，似乎並不是果酒。好在長公主府備的酒皆是上好佳釀，並無灼喉的感覺。蕭灼強忍著將其嚥了下去，然後飛快坐了回去。

整個過程一氣呵成，沈穩至極，如果不是拿錯了酒壺，以及坐下去時腿一軟差點磕到桌角的話，簡直可以稱得上完美。

還好動作幅度不大，還有趙攸寧幫忙扶了一把，並沒有人注意到。

景潯眼中隱有笑意，十分善解人意地不再過多停留在這一環節，拍了下旁邊看戲的元煜。「煜世子，你來吧。」

元煜的影響力僅次於景潯，見景潯點了他，大部分人的注意力才勉強從方才的震驚、嫉妒中緩過來，將期待的目光投到元煜身上。

蕭灼這才鬆了口氣，覺得喉中乾渴，端起水杯猛灌一口才稍微好些。

趙攸寧悄悄湊近，有些擔憂道：「沒事吧，妳不是不會喝酒嗎？怎麼喝了那麼大一杯，還喝得那麼急？」

蕭灼有些難為情。「我方才拿錯了。」

「拿錯了？」趙攸寧微微驚訝，繼而想到了什麼，不懷好意道：「我方才見妳很平靜的樣子，原來是表面平靜，內心激動？怪不得妳的臉這麼紅。」

蕭灼伸手揉了揉臉，眼神閃躲。「胡說什麼呢？」

趙攸寧伸手戳了下蕭灼的臉頰，低聲笑道：「還不好意思了？之前梁婉說這遊戲還有互通姻緣之說呢，妳說妳的琉璃盞好巧不巧停在潯世子面前，又好巧不巧被他拿了起來，莫非……」

蕭灼連忙捂住了她的嘴，左右看了看，見其他人注意力大都放在元煜身上，這才放心地回過頭來，威脅地瞪了趙攸寧一眼。「妳再胡說，我就……」

話音未落，蕭灼便看見元煜摺扇一收，一把撈起自己身前，方才蕭灼的琉璃盞旁邊的那一個。「我這個人最怕麻煩，既然你剛好停在我的面前，那就選你好了！」

蕭灼的話戛然而止，幸災樂禍地看向趙攸寧。

正逗蕭灼逗得起勁，好不容易將自己的嘴從蕭灼手下解放出來的趙攸寧。「……」

# 第三十章

趙攸寧艱難地回過頭來，看看元煜手中的禁步，確認是自己的，揚起的嘴角慢慢轉為了尷尬的笑。

蕭灼默默坐直身子，低著頭死死咬住了下唇，雙肩微微顫抖。

元煜俐落地展開紙箋，由於趙攸寧和蕭灼是一起想題目的，因此謎面也是一句對聯。

這自然難不倒元煜。

待酒令傳到了其他地方，蕭灼也學著之前趙攸寧的口氣，湊過去打趣道：「方才是誰說這遊戲能通緣分的？妳看，妳的琉璃盞好巧不巧停在了煜世子面前，又好巧不巧地被煜世子拿起來，難不成……」

同樣的話又還了回去，趙攸寧輕瞪了蕭灼一眼，手上乘其不備，悄悄在蕭灼腰間搔了一下癢。

蕭灼最是怕癢，連忙閃躲，兩人對視了一眼，雙雙笑了出來。

兩人的小動作，自然也落入對面的景澔和元煜眼中。

景潯看著蕭灼開心地與他人笑鬧的模樣，眼底盡是溫柔。搖了搖頭收回視線，看著手中的玉質禁步，細細摩挲著雕刻成小兔子模樣的環珮，以及下面掛著的白色流蘇穗子，不禁失笑。

蕭灼偏愛淺色的禁步，樣式不管怎麼換都離不開小動物，還有底下的穗子，永遠都是白色流蘇，這麼多年了，依然沒變。

元煜見他看得這麼認真，也好奇地湊了過來。「不就是一個普通的小物件，至於看得這麼認真嗎？」

景潯瞥他一眼，將手中的禁步細細收入袖中，輕抿了一口茶。

元煜撇撇嘴。「小氣，看看都不願意，我方才還幫了你那麼大一個忙呢。」

元煜指的是方才把兩人東西調換了的事。

景潯無語。「我只是換了東西，可沒讓你給那繡帕增加那麼多來歷，什麼江南花魁所贈，虧你想得出來。」

「我這不是想順便替你給她一個教訓嘛！」元煜一臉的無所謂道：「這個梁小姐仗著家世，總喜歡胡作非為，我早看不過眼了，不過順勢而為罷了。」

景潯對他了解得很，什麼順勢而為，不過就是為了好玩。

景潯懶得聽他那些亂七八糟的理由，伸手點了點他放在桌邊的那枚禁步。「這是怎麼回事？」

元煜無辜。「什麼怎麼回事？遊戲贏來的唄！」

景濤淡淡道：「趙太史可是皇上的恩師之一，趙家又只有這麼一個女兒，她可不像你在宮外那些紅顏知己，你可別惦記人家好姑娘。」

元煜擺擺手，有些心虛。「哎，不過看她挺可愛的，逗她玩玩罷了。我可不像你，年紀輕輕就守身如玉，我還有那麼多紅顏知己等著我呢。」

景濤搖頭道：「你最好是。」

這一邊的氣氛歡快和樂，而梁婉和孟余歡那邊的氣氛，則是完全相反。

自從景濤拿起那枚並不屬於她的禁步後，梁婉心裡的怒意就開始翻湧。

梁婉的父親當年是景濤收服幽州之戰的副將之一，所以她以前便從父親口中聽過景濤當年的事蹟，還經常纏著父親要看看那少年英才的人到底長什麼模樣？

父親被她磨得無法，只好畫了一幅畫像。

當時她看過後便笑說父親吹牛，世上怎麼可能會有這樣雅致俊美的人物，而且還是一個武將？

直到後來景濤回朝，她偶然一次去接父親下朝，碰見與父親同行的景濤，才知道父親原來真的沒有騙她。

甚至那幅畫像，都不及真人十之一二。這麼多年一直高昂著頭，誰都不放在眼裡的梁婉，第一次產生想要一個人多看她兩眼的衝動。

只可惜景潯臉比畫像上更出色，冷也比畫像上更冷。這半個月她想了無數法子偶遇，卻連話都沒說超過三句。

所以她才特意想出了這個遊戲規則，她就不信這樣景潯還注意不到她。而且這麼多人看著，保不准會有什麼流言傳出去，她再推波助瀾一下，也能弄假成真。

可是沒想到，居然是這樣的發展。她拿錯東西就算了，竟然還在大庭廣眾之下被嘲笑一番，更可惡的是，景潯挑誰的不好，偏偏挑了蕭灼的。

看到蕭灼站起來的一剎那，她差點沒忍住站起來，又礙於長公主就在旁邊，不敢有大動作，只好忍住內心的怒氣，手掌心都快掐出了血痕。

站在梁婉身後的丫鬟更是快嚇破了膽，這個答案可是自己告訴自家主子的，如今自家主子出了醜，自己回去免不了要脫一層皮。小丫鬟低著頭，眼中都已經開始泛起了淚光。

孟余歡的臉色也不太好，她早就知道梁婉存著什麼心思，內心雖然也希望她不要得逞，但若是對象換成蕭灼，她同樣不舒服。不過她最擅長的便是藏色於心，不熟的人根本看不出來。

而蕭嫵則是慢慢喝著杯中的果酒，看著旁邊兩個默不作聲的人，嘴角微微一笑。

三妹妹啊三妹妹，妳瞧，都不用姊姊親自動手，妳就自己招了這麼多仇敵，那就不要怪姊姊推波助瀾一把了。

又過了兩炷香，這場漫長的行酒令才終於在趙攸寧選中長公主殿下的琉璃盞後落下帷幕。眾人盡興之餘，也不免有些奇怪。

似乎直到最後，景潯的琉璃盞都沒人拿到。

「潯世子，怎麼一直沒見到你的？」長公主問道。

元煜笑了笑。「公主表姊，是這樣的，方才我們寫的時候，不知哪家小姐的丫鬟想過來偷瞄一眼，他怕壞了規則，所以沒放進去。」

話音一落，底下又是一片譁然。

怪不得一直沒出現，合著人家根本就沒放，白緊張了那麼久。

不過遊戲就是圖個開心，既然遊戲結束，大家也都玩得盡興，目的達到了，其他的也就不那麼重要了。

只是各家小姐們心裡多少還是有些意難平，紛紛猜測是哪位小姐壞了規矩？

梁婉也是心中驚訝，沒想到人家早就發現了，還直接說了出來，頓時心虛害臊地低下頭。

好在長公主並未過多糾結，見眾人宴足飲酣，便吩咐下人撤下酒席，在周圍的桌子上備下琴棋書畫，眾人自可切磋玩樂。

趙攸寧對這些沒什麼興趣，正想拉著蕭灼去院子裡逛逛，消消食，一偏頭卻發現蕭灼正輕輕揉著額頭，臉色紅得有些不太正常。

「阿灼，妳怎麼了？」

蕭灼的頭從方才開始就有些暈，現在看趙攸寧都出現了重影。聽見趙攸寧在和她說話，蕭灼眨了眨眼睛，勉強穩住聲音，輕搖了搖頭。「不知道，就是頭有點暈。」

趙攸寧想到之前蕭灼喝錯了的那杯酒，道：「壞了，我就說這酒喝著沒什麼感覺，其實後勁大得很，妳又沒什麼酒量，怕是醉了。」

蕭灼是第一次喝醉，有些難受地揉了揉肚子，眼見其他人陸續離席，想站起來卻有些兩腿發軟。

長公主也注意到蕭灼和趙攸寧還一直坐在這裡，走了過來詢問道：「阿灼怎麼了？」

趙攸寧道：「稟公主，阿灼酒量不太好，估計是有些醉了。」

長公主看了看蕭灼，道：「無事，這酒雖然有些後勁，但是來得快也去得快，我瞧她喝得不多，睡一會兒就好了。」

長公主喊來自己的一名貼身侍女，道：「紫月，妳把蕭三小姐扶到偏殿廂房裡去休息一會兒吧。」

趙攸寧感激地謝過長公主，和綠妍、紫月一起將蕭灼扶去偏殿。

靜安殿主殿很大，說是偏殿，其實已經接近於後殿，走過去有滿長一段距離。

還好蕭灼醉後不吵，幾人將她扶過去倒也不算累。

偏殿的大小雖然比主殿小得多，但裡頭的布置依然精巧。今日人多，侍女、僕從都在前院侍奉，因此十分安靜。而且長公主喜愛玉蘭，偏殿的位置和長公主所住的主院只隔了一座小石橋，周邊也種滿了玉蘭花，如今正是花開時節，陣陣幽香撲鼻，正適合午睡。

趙攸寧和綠妍將蕭灼安置好，見她睡得安穩，也放下了心。

畢竟長公主等人都在正殿，趙攸寧不好離開太久，只好將自己的侍女流雲留下，再三吩咐綠妍好好照顧，自己便和紫月先回去了。

趙攸寧一走，殿中更顯安靜。

綠妍取來一盆溫水，將毛巾打濕，細細擦拭蕭灼露在外面的手和臉，又走到窗邊將窗戶關小一些，擋住灑在蕭灼臉上的陽光，最後將門輕輕掩起，和流雲一起坐到了門外的臺階上。

流雲是個活潑的丫頭，上次湖邊踏青救了綠妍時她也在，只不過當時兩人沒說過話。這會兒無聊，流雲便自己起了話頭，好奇地東一句、西一句，問起了上次發生的事。

綠妍也耐心地回答著，就當打發時間。

約莫過了一炷香的時間，綠妍看著問著問著就有些昏昏欲睡的流雲，嘴角的笑意微斂，一手在她頸後微微一點，流雲便徹底昏睡了過去。

與此同時，一抹修長的月白色身影悄然出現在殿前。

綠妍起身，臉上褪去原先的單純和小心翼翼，靈動的眸中滿是幹練沈靜，恭敬道：

「世子。」

# 第三十一章

景濤輕手輕腳的走進殿中，關門時一絲微風從門的縫隙中漏了進來，微微掀起睡得正熟的蕭灼的額間碎髮，蕭灼微微皺眉，伸手輕撓了一下。

景濤轉過身看著榻上人兒的小動作，眼神溫柔又無奈。

時值五月，天氣越來越熱，蕭灼又喝了酒，綠妍方才給她蓋上的薄毯已經一半都垂到了地上，以至於蕭灼整個腿都露在了外面。

景濤搖了搖頭，走上前將毯子重新拿起來幫蕭灼蓋好。

蕭灼臉頰酡紅，額邊的碎髮被汗水打濕了幾綹，即使睡著了，眉頭也微微皺著，可見睡得並不安穩。

景濤伸出手背，貼在蕭灼的額頭上，似乎是感覺到了涼意，蕭灼皺著的眉頭舒展了一些，無意識地在景濤手背上蹭了蹭。

景濤被蕭灼的小動作逗得輕笑了一聲，確認只是普通的醉酒後，放下了心，將手收了回來。

額間令人舒服的涼意驟失，蕭灼不滿地小聲咕噥了一句，下一瞬便被人半抱起來，靠近了一具滿是清涼好聞氣味的懷裡。

蕭灼皺了皺眉，努力想睜開眼睛看看是誰，無奈這酒的後勁實在太大，這人的懷抱又莫名讓她安心，努力了許久也沒成功睜開眼睛。

景溽嘴角的笑意越來越大，從袖中拿出一個細口的小白玉瓷瓶，打開蓋子，輕抵到蕭灼的唇邊。

「妙妙，乖，張嘴。」

蕭灼乖乖地張開了唇，幾滴清涼甘甜的液體滑入喉嚨，蕭灼身上因酒而起的躁熱頓時便被驅散大半，就連頭暈都緩解了不少。

蕭灼輕咂了咂嘴，又主動仰頭喝了兩滴，眉目逐漸舒展開來。

將瓶中的解酒藥盡數餵蕭灼喝下後，景溽收起瓶子，見懷中人舒服地彎了嘴角，頭一歪，睡得更熟，景溽無奈地嘆了口氣。

「總是這麼迷糊，喝個酒都能拿錯。」

話雖是這麼說，景溽的語氣卻沒有半點責怪，同時伸手將蕭灼額間的碎髮收攏到耳後，極輕極柔地在蕭灼的額間，印下一個蜻蜓點水般的吻。

景溽沒有再出聲，換了一個姿勢讓蕭灼睡得更舒服，自己也在蕭灼輕淺的呼吸聲中，閉上眼睛小憩。

室內一片靜謐，唯有窗外的玉蘭樹偶爾被微風拂過，透過窗戶的縫隙，灑下微微搖曳的樹影。

相較於後殿的寧靜，前殿依然熱鬧。

經過方才的午宴，眾人與長公主的距離拉近了不少，長公主偏愛下棋，各家小姐們但凡棋藝不錯的，紛紛自薦與長公主對弈。其他人則圍在旁邊觀看，氣氛十分融洽。

蕭嫵早有準備，前段時間還惡補了棋藝，此時看著棋盤中緊追不捨的黑子，仔細斟酌一番，自信地落下手中的白子。黑子瞬間落於下風，被白子逼得節節敗退，人群中頓時傳來小小的驚詫聲。

長公主眼睛一亮，讚賞地看了蕭嫵一眼。

「沒想到蕭二小姐棋藝如此精湛，倒是本公主大意輕敵了。」

蕭嫵謙虛一笑。「若不是公主殿下手下留情，臣女怕是早就被殺得片甲不留了。」

蕭嫵說得沒錯，長公主的棋藝乃是名家所教，自認對付在場的人，僅用五成力即可。但是眼下的棋局，倒是少有的讓她認真了起來。

儘管蕭嫵這段時間進步神速，但是長公主一認真起來，還是相差太多，不過比起其他人來，已經是最讓長公主滿意的了。

兩局結束，長公主還有些意猶未盡。正準備再開一局，蕭嫵卻主動退下了場，將位置留給其他人。

此舉不禁讓蕭嫵在長公主心中的印象更好了一些。

長公主笑道：「今日人多，下次本公主再找蕭二小姐好好切磋切磋。」

蕭嫵笑著應下，心中暗暗得意。

其他小姐看向蕭嫵的眼神滿是嫉妒，暗自懊惱自己沒有好好學棋藝。

下一位會棋的小姐很快補上了位置，蕭嫵見其他人的目光再次回到棋局上，而之前梁婉站著的地方卻早已沒了人影。蕭嫵和孟余歡對視了一眼，兩人低頭慢慢退到人群外，悄悄出了殿門。

沒費多少力氣，蕭嫵和孟余歡便在花園的假山後，找到了正在訓人的梁婉。

「讓妳做這麼一點小事都做不好，要妳有何用？是不是連妳也和她們聯合起來存心讓我出醜的，嗯？」

地上跪著的正是她的貼身丫鬟，此時正瑟瑟發抖地嗚咽著，大氣都不敢出一聲。

梁婉又氣又怒，聲音也不由自主的越拔越高。還好此時眾人都在正殿，周圍連來往的丫鬟都很少，並沒有人聽見。

孟余歡心裡暗自嘲笑梁婉的沒腦子，走過去攔住了梁婉欲打那丫鬟的手。「好了，做什麼如此生氣，若是被人聽見了可怎麼好？」

梁婉見是她們倆，勉強壓住了怒氣，收回了手。

「妳們來做什麼？今日看我的笑話還看得不夠多？」

孟余歡道：「梁小姐這就有些遷怒於人了，可不能因為氣那個蕭灼，把咱們倆也算進去，那咱們這些年的交情也未免太廉價了一些。」

梁婉聞言，想著殿中那麼多人，也就這兩個人發現她出來了，臉色這才好了些，瞪著地上跪著的丫鬟道：「還不快起來？」

那丫鬟身子猛地一抖，顫巍巍的站了起來。

梁婉嫌惡地看了她那畏畏縮縮的模樣一眼，冷哼一聲，轉頭看向站在孟余歡身邊的蕭嫵，依然沒有好氣。

「我說蕭嫵，以前怎麼沒聽說妳還有這麼個伶牙俐齒、能言善辯的妹妹？今日可是出盡了風頭啊，妳可是她的姊姊，應當趕緊乘機去與她拉攏關係才是，怎麼倒跑到我這兒來了？」

蕭嫵早知她會冷嘲熱諷，低頭苦笑了一聲道：「梁小姐莫笑我了，以前我這個三妹妹在府裡一向溫順，不爭不搶的，誰知她以前竟是藏拙，不聲不響地就給我與娘親下絆子。如今她不僅私下裡與煜世子、潯世子交好，就連長公主今日都站在她那邊。我和娘親以後避她都還來不及，哪裡還敢去她面前討嫌？」

梁婉一聽今日長公主的事，就氣不打一處來，狠呸了一聲道：「她算什麼交好？我才是長公主的陪讀，與長公主一起長大，她不過是仗著她那死去的娘，讓長公主多了幾分同情心罷了。」

說完又忽地想起什麼，偏頭看著蕭嫵道：「妳方才說，她與潯世子、煜世子交好？」

蕭嫵道：「交不交好我也不大清楚，只是之前聽說三妹妹與趙家小姐和蘇家小姐一同踏青時，碰巧遇上潯世子和煜世子，似乎相談甚歡。還有上次三妹妹去靈華寺上香，路上也遇見了潯世子。」

蕭嫵說得模稜兩可，末了，笑了笑道：「不過也可能是我想多了，或許不過是湊巧罷了。」

這些事孟余歡也是剛知道，聞言臉色變了變。她本來是來叫梁婉回去的，聽了這話，勸阻的話默默又嚥了下去。

梁婉正在氣頭上，聽了這話更是怒不可遏。

「果然是個狐媚子！哪能有什麼偶然？我看是她早存了什麼齷齪心思，故意為之。看來我還真是小看她了，不僅嘴上功夫厲害，勾引人的法子也不少。」

蕭嫵見目的達到，適可而止地停了話頭，勸道：「好了，梁小姐還是莫要多言了，這兒人雖然少，也難免不會有人經過聽到，不過是聽說而已，當不得真，咱們還是快回去吧。」

梁婉狠狠地咬了咬下唇，跟著蕭嫵和孟余歡往回走了兩步，倏然停下腳步。

「妳們先回去吧，我還有些事，待會兒再過去。」

蕭嫵心中冷笑，面上卻目露疑惑。

梁婉懶得和她們解釋，話音未落便已經轉身，帶著丫鬟往另一個方向走去。

待人走後，孟余歡不解地看向蕭嫵。

「妳這是做什麼？經過這幾次，妳也看出來了，梁婉這個沒腦子的，根本不是蕭灼的對手，萬一又偷雞不著蝕把米怎麼辦？」

蕭嫵笑了笑。「難道就任由蕭灼這麼囂張？妳沒看到今日那些人看到長公主與蕭灼親近時的嘴臉嗎？等過段日子，長公主真成了蕭灼的後盾，再拉上潯世子、煜世子，誰還奈何得了她？如今也就梁小姐敢合著咱們的意與蕭灼正面交手，當然宜早不宜遲。」

孟余歡狐疑地看著蕭嫵，她總覺得以梁婉這個腦子，十有八九不能成事。不過蕭嫵這話也沒錯，她對那個蕭灼實在厭惡，若要除掉她，當然越快越好。說不準梁婉這次還真能想出什麼好主意呢。

想到此，孟余歡沒再說什麼，看向梁婉離開的方向，回身繼續往正殿走。

蕭嫵落後半步，偏頭露出一抹森冷的笑意。

誰說她的目標只是蕭灼？她如今的目標是攀上長公主。與蕭灼相比，獨占慾強又與長公主有多年交情的梁婉，豈不是威脅更大？

且讓她們兩個鬧去吧，反正除去哪一個，對她都有利無害。

——未完，待續，請看文創風1009《傻白甜妻硬起來》下

2021年11月出版

# 寧富天下

文創風 1005～1007

人處於下風，想飛，自然得借勢。
她如今一無所有，能被當棋子是件好事！

## 金無足赤，人無完人，情卻有天作之合／鶴鳴

面對養父母一家的真摯親情，陳寧寧甩開原身的自私念頭，
拿出自小戴在身上的玉珮典當，解除家中的燃眉之急。
無奈禍不單行，當鋪掌櫃見她家可欺，便構陷她偷竊要強佔寶玉，
她只得衝向街上行軍隊伍的鐵騎前，以命相搏。
所幸為首的黑袍小軍爺明察秋毫，為她解了圍，還重金買下她的玉。
手頭有了足夠的銀兩，家中的困難可説是迎刃而解，
不過她仍是讓家人低調行事，畢竟家裡遭遇的災禍，並非偶然，
而是秀才哥哥先前仗義執言，惹了上頭的腐敗官員所致。
可如今從她躲在家種菜養魚，到她買下一座破敗山莊開始發展，
遇上的難題都會默默化解，彷彿她家從未遭受過打壓。
這讓她總覺得被人盯著，也不知想圖謀什麼，心裡不安穩。
直到那黑袍小將找上門，拿著一種解毒草的種子問她能否培育出來，
她頓時明白是誰在暗處幫忙，因為種藥草的手藝她並未外傳。
「軍爺是我家的救命恩人，為解令兄之毒，我自當全力以赴。」
人情債難還，如今這要求於她來説不過舉手之勞，何樂而不為呢？

# 為流浪貓狗加油 和貓寶貝 狗寶貝 廝守終生(一定要終生喔！)的幸福機會

對人來說，貓寶貝狗寶貝只是生活的一部分，但妳（你）對牠們來說，卻是生活的全部，領養前請一定要考慮清楚——

▲ 找上門的乖寶寶 學妹

性　　別：女生
品　　種：米克斯
年　　紀：無法確定
個　　性：乖巧親人、愛撒嬌
健康狀況：貓愛滋，有打過兩次預防針，正在治療呼吸道感染症狀
目前住所：高雄市

本期資料來源：高醫動物保護社

## 『學妹』的故事：

某天晚上，原本只是去市場內的一間湯包店幫學妹拿晚餐，轉身要離開時，一隻親人的貓咪直接擋在路中央，驚得我們趕緊下車查看情形，然而這隻貓咪卻馬上走過來，發出呼嚕嚕的聲音，完全不怕人的樣子，似乎不知道牠上一刻是經歷了多麼危險的狀況。

之後，貓咪便黏了上來，一副不讓我們離開的小媳婦模樣，我們遂決定先帶回去幫牠除蚤、作治療，並取名為「學妹」，希望能為牠找個家，遠離流浪生涯，不過很可惜檢查後發現有貓愛滋，甚至因缺少牙齒而無法判斷年紀。

儘管身體上有缺陷，飲食上也只能把飼料泡軟給牠吃，但是安靜、不吵鬧的學妹很喜歡撒嬌，只要有人靠近就立即上前討摸摸，完全不因前半生的艱困而失去純真良善的天性。

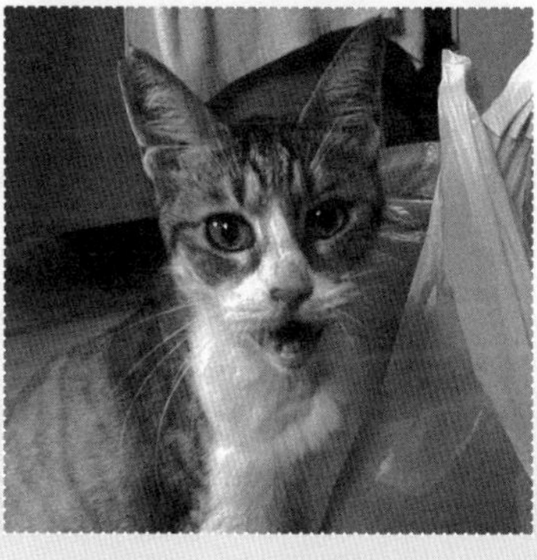

真心尋找能接納牠的好主人，不論您是新手還是老手，只要願意伸出援手，學妹就有被關注的機會。有意者請上FB私訊高醫動物保護社，二十四小時不打烊等著您！

**認養資格：**

1. 認養人須能接受沒有牙齒、有貓愛滋的學妹，
   願意照顧牠一輩子。
2. 須同意簽認養寵物切結書。
3. 須同意送養人日後之追蹤探訪，每個月持續追蹤狀況滿半年後，
   改每年追蹤一次，對待學妹不離不棄。

**來信請說明：**

a. 個人基本資料：姓名、性別、年齡、家庭狀況、職業與經濟來源等。
b. 想認養學妹的理由。
c. 過去養寵物的經驗，及簡介一下您的飼養環境。
d. 若未來有結婚、懷孕、出國或搬家等計劃，將如何安置學妹？

盧小酒／

命運交織，
甜中帶澀，
細品好滋味

靠著重生優勢，要扭轉命運對她來說根本小菜一碟！
可是、可是她從沒想過，
命運既然能再給她機會，也能給別人機會啊！
唉，上一世活得辛苦，這一世怎麼也得披荊斬棘呢……

文創風 1010-1011　全二冊

11 / 16 上市！

# 《孤女當自強》

雲裳本是天之驕女，父母亡故後，獨力撐起影石族的興榮。
誰知族內長老欺她年幼，想奪取族長之位，
孤立無援的她，誤信奸人，最後慘遭背叛，更連累族人。
含恨自盡前，雲裳多希望這些年的苦難都只是一場惡夢——
沒想到，上天真給了她一次重來的機會！
這一世雲裳先下手為強，把圖謀不軌的人收拾得服服貼貼。
她唯一沒把握的，就是她爹娘早早為她定好的夫婿人選，顧閆。
眼下她是影石城呼風喚雨的少族長，而他只是身分低微的屠夫，
怎麼看兩個人都不相配，
然而只有她知道，將來顧閆可是權傾朝野，一人之下。
不管怎樣，她都要牢牢抓住顧閆的心，並助他一臂之力！
可人算不如天算，拔了這根刺，卻又冒出另一根，
更離奇的是，原來，重活一世的人不只是她一個人！
事情發展逐漸脫離雲裳所知道的軌跡，一發不可收拾——

**文創風破千限定**

**新書75折，全館結帳滿千現折 100 元，滿兩千再折 200 元，以此類推**

她生平無大志，唯有一個小小的願望——當個小富婆！
正所謂靠山山倒，這天底下最可靠的朋友，就只有孔方兄啊！
不過她不貪，賺的錢夠她一家滋潤地過日子就好，
那種成天忙得團團轉的富豪生活她可不想要，麻煩死了～～

11 / 23 上市！

文創風 1012-1013　全二冊

# 《小富婆養成記》

她實在不明白，怎麼一覺醒來，就從飯店主廚變成窮得要命的村姑蘇秋？
這個家真是窮得不剩啥耶，爹娘亡故，只留下四個孩子，偏不巧她是最大的那個！
自己一個單身未婚的女子，突然間有三個幼齡弟妹要養，分明是天要亡她吧？
何況她沒錢，她沒錢啊！可既然占了人家長姊的身體，她自然要扛起教養責任，
而且，這三個小傢伙可愛死了，軟萌地喊幾聲「大姊」，她就毫無招架之力了，
養吧養吧，反正一張嘴是吃，四張嘴也是吃，她別的不行，吃這事還難得倒她？
……唉，還真是難！巧婦難為無米之炊，家裡窮得端不出好料投餵他們啊！
幸虧鄰居劉嬸夫婦是爹娘生前的好友，二話不說出錢出力解了她的燃眉之急，
擁有一身好廚藝的她靠著這點錢，賣起獨一無二的美味鳳梨糕，
幸運地，一位京城來的官家少爺就愛這一味，還重金聘她下廚燒菜好填飽胃，
沒想到這貴人不僅喜歡她煮的菜，還喜歡她，竟說想納她為妾，讓她吃香喝辣，
可是怎麼辦，她喜歡的是沈默寡言又老愛默默幫忙她的帥鄰居莊青啊，
雖然他只是個獵戶，但架不住她愛呀！況且，論吃香喝辣的本事，誰能比她強？

**文創風破千限定**

**新書75折，全館結帳滿千現折 100 元，滿兩千再折 200 元，以此類推**

文創風 1008

# 傻白甜妻硬起來 上

國家圖書館出版品預行編目資料

傻白甜妻硬起來 / 蘇沐梵著. --
初版. -- 臺北市 : 狗屋出版社有限公司, 2021.11
冊 ; 公分. --（文創風 ; 1008-1009）
ISBN 978-986-509-266-5（上冊 : 平裝）. --

857.7　　110016639

著作者　蘇沐梵
編輯　王冠之
校對　沈毓萍
發行所　狗屋出版社有限公司
地址　台北市104中山區龍江路71巷15號1樓
電話　02-2776-5889～0
發行字號　局版台業字845號
法律顧問　蕭雄淋律師
總經銷　知遠文化事業有限公司
電話　02-2664-8800
初版　2021年11月
國際書碼　ISBN-13　978-986-509-266-5

本著作物由北京晉江原創網絡科技有限公司授權出版

定價260元
狗屋劃撥帳號：19001626
網址：love.doghouse.com.tw　E-mail：love@doghouse.com.tw